VIENTOS DE PÓLVORA

ExLibric

ALBA NAVARRO SALVADOR

VIENTOS DE PÓLVORA

EXLIBRIC
ANTEQUERA 2025

VIENTOS DE PÓLVORA
© Alba Navarro Salvador
Diseño de portada: Dpto. de Diseño Gráfico Exlibric

Iª edición

© ExLibric, 2025.

Editado por: ExLibric
c/ Cueva de Viera, 2, Local 3
Centro Negocios CADI
29200 Antequera (Málaga)
Teléfono: 952 70 60 04
Fax: 952 84 55 03
Correo electrónico: exlibric@exlibric.com
Internet: www.exlibric.com

ISBN: 979-13-87944-97-1
Depósito Legal: MA 1768-2025

Impresión: PODiPrint
Impreso en Andalucía – España

Nota de la editorial: ExLibric pertenece a Innovación y Cualificación S. L.

ALBA NAVARRO SALVADOR

VIENTOS DE PÓLVORA

A mis padres y a mi hermana,
por creer siempre en mí.

Nota de la autora

Esta novela histórica de ficción se basa en hechos reales de la guerra de la Independencia española. Aunque los personajes principales son ficticios, el contexto político y geográfico está documentado. He trabajado el estilo narrativo con atención al detalle, utilizando recursos lingüísticos y documentación histórica para asegurar la fidelidad del relato.

Todos los textos han sido redactados personalmente por mí, sin el uso de inteligencia artificial.

Reivindico la autenticidad de esta obra como fruto del esfuerzo humano y la dedicación literaria.

I

El sol de mayo calentaba los campos de trigo que rodeaban Fuentes de Ebro. El pueblo, de casas blancas y calles estrechas, despertaba con el repiqueteo de la campana de la iglesia, llamando a los vecinos a sus quehaceres diarios. Los hombres, con sus camisas remangadas y la piel curtida por el clima, dirección a los campos con sus hoces al hombro; las mujeres, con pañuelos atados a la cabeza y faldas anchas, a recoger agua en sus cántaros de barro y a preparar el pan en los hornos de leña. Mientras, los niños correteaban por la plaza, inventando juegos entre risas y gritos, ajenos a las sombras de guerra que se cernían sobre España.

Con el atardecer, llegaban los momentos de descanso y conversación en la taberna. Allí, los aldeanos hablaban en voz baja de lo que ocurría más allá del pueblo: los avances de los franceses, los levantamientos que comenzaban a producirse en Zaragoza y la incertidumbre que se cernía sobre ellos. El tabernero, un hombre fornido de bigote espeso, servía vino en jarras de barro, mientras los parroquianos, inclinados sobre las mesas de madera, murmuraban con preocupación. Aunque allí todavía no se notaba el peso del conflicto, todos sabían que no tardaría en llegar.

Entre los habitantes estaba Miguel Ferrer, hijo y nieto de agricultores, que aprendió a trabajar la tierra desde niño. Su vida se dividía entre el campo, los mercados y su prometida, Isabel. Lo que tenía claro era que nunca habría imaginado que algún día pudiera empuñar un arma.

Se conocieron en un día de mercado. Esa jornada era más colorida y alegre de lo habitual, pues se celebraba la festividad de Santa Bárbara y habría baile tras la romería en la ermita. Quizás fue esa energía lo que empujó a Miguel a acercarse a ella y entablar conversación.

Se arregló un poco su cabello con los dedos y se metió la camisa en el pantalón antes de acercarse a ella.

—¿Vienes a menudo al mercado? —preguntó, intentando iniciar una conversación.

—No tanto como me gustaría —respondió Isabel, con una sonrisa triste—, pero hoy necesitaba algo de alegría.

Isabel Solano era la hija menor de una familia acomodada de Huesca. Desde temprana edad mostró un temperamento algo terco, pero siempre predispuesta a ayudar a los demás, lo que hizo que entrara a estudiar en la escuela de enfermería de la ciudad. Fue ahí donde conoció a Rogelio, un sargento de la Guardia del Reino. Se casaron enseguida y a las pocas semanas se mudaron a Fuentes, el nuevo destino de Rogelio. Fue un matrimonio feliz pero breve, ya que, unos meses después, él murió en una reyerta que intentaba sofocar. A pesar de la pena que la embargaba, Isabel decidió quedarse en el pueblo y, con ayuda del párroco, creó una pequeña sala de enfermería para ayudar a sus vecinos.

Miguel, sin apartar la vista de Isabel, notó un destello de tristeza en sus ojos. Buscó algo que pudiera hacerle sonreír. De pronto, se le ocurrió una idea y, sin decir nada, corrió hasta la mesa que usaba como puesto en el mercado. Volvió con una reverencia exagerada y, como si fuera un noble caballero, le ofreció una mata de borraja.

—Mi señora, tengo la solución perfecta para su falta de alegría —dijo con fingida solemnidad, a la vez que le entregaba la mata.

Isabel lo miró con sorpresa y, acto seguido, soltó una carcajada. La gente a su alrededor se giró, extrañada por la escena, pero ella no le prestó atención.

—¿Borraja? ¿Me ofreces borraja como si de una joya se tratara? —preguntó entre risas, aceptando el presente.

—No es cualquier borraja. Es la mejor de mi cosecha, la más tierna y fresca —replicó Miguel con aire divertido.

Desde ese momento, comenzaron a pasar más tiempo juntos. Se reunían cada atardecer para pasear entre los frutales y olivos. Isabel le contaba historias de su infancia y de su difunto esposo, mientras que él le hablaba de sus planes de futuro, de su deseo de tener una familia y de su amor por la tierra. Las noticias de una posible guerra inminente no empañaban su felicidad. Cada momento que pasaban juntos se volvía un refugio; sin embargo, el destino tenía otros planes.

A medida que pasaban los días, la guerra se sentía más cerca. En el horizonte, más allá de los campos, se divisaban columnas de humo, y Miguel comenzó a preguntarse si podría mantenerse al margen de un conflicto que parecía inevitable.

II

La noticia del levantamiento de Zaragoza llegó con la entrada del afilador a la plaza de la Iglesia. Se formó un corrillo alrededor de él tras oír el sonido del chiflo anunciando su presencia. Todos preguntaban a la vez, sin dar tiempo al pobre hombre a recuperarse del viaje. Este sacó un viejo pañuelo del bolsillo y, tras secarse el sudor de la cara, pidió calma a la multitud.

—¡Dinos!, ¿es verdad que ha habido un levantamiento en la ciudad? ¿Cómo lo sabes? ¿Acaso vienes de allí? —preguntó afanosa Isidora, la mujer del cestero, que había visto el revuelo en la plaza y no quería perderse un posible chisme.

—De ahí vengo. —Bebió un trago de agua y se pasó de nuevo el pañuelo por el rostro y la calva.

—¡Pero habla ya, hombre! ¡No nos tengas en ascuas! —exclamó uno de los congregados.

—Ya voy, ya voy… Dadme un poco de margen, que llevo mucho camino en las piernas. —Dio otro sorbo y guardó la botella en una de las cestas que colgaba de la vieja carreta donde transportaba la rueda de afilar—. Es verdad, Zaragoza se ha levantado contra los franceses. Los ciudadanos les están plantando cara.

—¿Y cómo han respondido los franceses? —quiso saber uno de los hijos del tabernero.

—¿Cómo van a responder, zagal? Han atacado con todo. ¡No perdonan ni una! Pero los maños no ceden… ¡Atacan con uñas y dientes!

Isabel se hizo hueco entre el gentío y se acercó a Isidora, que le puso en un santiamén al corriente de todo.

—¡Qué valor! Pero ¿los nuestros van a recibir ayuda? —preguntó de nuevo el zagal.

—Dicen que sí, que se están preparando, pero no tengo más información. Yo solo me dedico a afilar y llevar noticias. Las estrategias de guerra se las dejo a los profesionales.

—Lo que traes no es moco de pavo —exclamó Isabel y, volviéndose a sus vecinos, proclamó—: ¡Hay que avisar al alcalde, que todos se enteren!

—Sí, sí, y que nos diga qué tenemos que hacer —contestó Jesús, uno de los ganaderos del pueblo—. Si ellos se han alzado, ¿nos quedaremos aquí de brazos cruzados?

El afilador se encogió de hombros y comenzó su trabajo tras colocarse el delantal de cuero.

—Eso ya no es asunto mío, pero si queréis guerra, no os va a faltar.

El murmullo en la plaza crecía conforme se acercaban más vecinos para saber las noticias que traía el afilador. Hombres y mujeres intercambiaban miradas inquietas. Unos con el ceño fruncido, otros con los ojos brillantes de determinación.

El tabernero lanzó un silbido tan agudo que la plaza entera quedó sumida en el silencio.

—¡Basta de palabras! Isabel tiene razón, el alcalde debe saberlo cuanto antes. Debemos hacer algo ya, sin demora, pero con juicio.

—¡Vamos, pues! —exclamó Jesús, echándose el zurrón al hombro—. No pienso quedarme esperando a que los franceses nos pisen el cuello.

El grupo salió en tropel de la plaza, con sus voces resonando por las calles aromatizadas por el heno recién cortado y el humo de algunos hornos que comenzaban a cocer el pan. Algunas mujeres y niños espiaban desde las ventanas, queriendo saber el motivo de aquel alboroto.

Isabel e Isidora caminaban juntas, con los mantones bien sujetos a los hombros.

—Si los franceses llegan hasta aquí… —musitó Isidora, pero Isabel la interrumpió con un destello de fiereza en la mirada.

—No lo permitiremos.

El grupo llegó a la casa del alcalde, una construcción de piedra con portón de madera maciza. Jesús golpeó con firmeza. No tardaron en escuchar unos pasos arrastrados y la puerta se entreabrió, revelando el rostro todavía adormilado del alcalde, don Eulogio.

—¿Qué demonios ocurre? —refunfuñó, más que preguntó.

Don Eulogio Abadía era un hombre de avanzada edad. Su rostro parecía un mapa al estar surcado de profundas arrugas; sus ojos, de un gris apagado, estaban siempre alerta, a pesar de la nube de fatiga que parecía empañarlos. Llevaba una barba espesa y canosa que caía desordenada sobre su pecho, dándole un aire desaliñado, hecho por el que siempre discutía con Candela, su mujer.

La gente en el pueblo lo respetaba, aunque pocos lo querían, pues su voz rasposa y su actitud siempre un tanto áspera habían hecho de él un hombre más temido que querido. Era conocido por su carácter gruñón, siempre dispuesto a soltar un gruñido o una reprimenda, sin mucha paciencia para las frivolidades ni para quienes no compartían su sentido de la disciplina y la responsabilidad. Sin embargo, en tiempos de necesidad, su prudencia y su dureza se imponían, y todos sabían que, detrás de esa fachada dura, había un hombre fiel a su pueblo.

—Noticias de Zaragoza, don Eulogio —dijo Isabel con tono grave—. La ciudad resiste, pero no sabemos hasta cuándo. Si han de llegar aquí, será cuestión de tiempo.

El alcalde los observó mientras se rascaba la barba entrecana. Luego, con un suspiro pesado, abrió del todo la puerta.

—Entrad. Si de guerra se trata, más vale tener la cabeza fría…

El grupo cruzó el umbral con paso decidido. La mañana en el pueblo era apacible, pero la tormenta se cernía sobre el horizonte. Y ellos debían estar preparados.

III

El trigo, dorado por el sol de la mañana, ondeaba en los campos como un mar sereno bajo el suave soplo del viento. Miguel, con la camisa arremangada y el rostro perlado de sudor, segaba con ritmo constante, deteniéndose solo de vez en cuando para secarse la frente con el dorso de la mano. El sonido rítmico de la hoz al cortar los tallos y el canto de los gorriones componían una melodía sencilla que calmaba su alma, aunque el horizonte incierto de la guerra se asomara a su pensamiento como una nube oscura.

Mientras avanzaba entre los surcos, sintió una inquietud crecer en su pecho, como si algo fuera a irrumpir en su rutina. Entonces, entre los susurros del trigo y el crujir de la tierra bajo sus alpargatas, escuchó una vocecita que lo llamaba:

—¡Miguel! ¡Señor Miguel! —gritaba con apuro una niña desde el borde del campo.

Levantó la vista, parpadeando contra la luz del sol. Era Juana, la hija menor de Isidora, con sus trenzas alborotadas y las mejillas encendidas, como si hubiera corrido todo el camino desde el pueblo. Vestía un sencillo vestido azul con remiendos en los bordes, y sus zapatos llenos de polvo hablaban de su prisa. En sus ojos brillaba un destello de urgencia que no pasó desapercibido.

—¿Qué ocurre, Juanica? —preguntó Miguel, dejando la hoz sobre el suelo y secándose las manos en los pantalones—. ¿Qué haces aquí, pequeña?

—¡El afilador, señor! Ha llegado esta mañana y... y...
—dijo ella, jadeando ligeramente— trae noticias de Zaragoza.
Mi madre dice que debe ir a casa del alcalde ahora mismo.

Miguel sintió un escalofrío recorrer su espalda. Sabía
que aquellas noticias no podían ser simples cuchicheos de
mercado. El afilador solía traer no solo el sonido de su chiflo
y su rueda girando, sino también palabras que tenían el peso
del cambio y la incertidumbre.

—Calma, Juanica, respira hondo. —Se agachó para estar
a su altura, colocando una mano en su pequeño hombro—.
¿Qué dicen esas noticias?

—Dicen que Zaragoza está en lucha. Que no se rinden,
pero que... los franceses avanzan con furia. —La niña tragó
saliva, como si apenas pudiera pronunciar aquellas palabras.

Miguel se irguió, sus pensamientos girando como un
torbellino. Miró el campo, su campo, aquel que había cuidado
con amor y esfuerzo. Por un momento, todo le pareció más
frágil, más efímero. Tomó su sombrero de paja y se lo colocó
con determinación.

—Gracias, Juana. Has hecho bien en venir. Ahora ve con tu
madre. No te preocupes, todo saldrá bien. —Aunque sus palabras
intentaron sonar tranquilizadoras, su tono sonó algo forzado.

—Sí, señor —respondió Juana, dando un paso atrás, pero
mirándolo con ojos que buscaban seguridad.

Miguel no perdió tiempo. Se sacudió el polvo de las manos y comenzó el camino hacia la casa del alcalde. Mientras
atravesaba los senderos, podía sentir las piedras bajo sus alpargatas, el calor del sol implacable sobre su nuca y el murmullo

de los trigales que parecía despedirlo. En su mente resonaban las palabras de la niña, y un tumulto de emociones se abría paso: preocupación por Isabel, por su pueblo, por el futuro, que se dibujaba incierto. Pero junto a todo ello, nacía también una chispa de resolución. Si era tiempo de alzarse, no sería el último en hacerlo.

Cuando llegó frente a la casa de piedra del alcalde, golpeó el portón con firmeza. El sonido resonó con eco, como un trueno anticipando una tormenta. La puerta comenzó a abrirse lentamente, y Miguel, con el corazón latiendo al ritmo del tambor de sus pensamientos, sabía que aquel día marcaría el inicio de algo que cambiaría sus vidas para siempre.

Miguel cruzó el umbral de la casa del alcalde y un aire denso y cargado de tabaco y leña encendida lo envolvió al instante. La estancia principal era un salón amplio, con vigas de madera oscura y paredes de piedra que conservaban el fresco de la mañana. Una gran mesa de roble presidía el centro de la sala, rodeada de sillas desparejadas. En un rincón, el fuego chisporroteaba en la chimenea, donde Candela, la esposa del alcalde, atizaba los rescoldos con gesto concentrado.

—Sentaos —gruñó el alcalde, señalando las sillas con un ademán brusco—. Miguel, supongo que no sabes por qué te hemos llamado.

Miguel tomó asiento con el resto de los hombres de la sala. Isabel se quedó de pie junto a él, con los brazos cruzados sobre su pecho y la mirada firme y resuelta.

—No —admitió Miguel, lanzando una mirada inquieta a Isabel—. Solo me dijeron que era urgente.

El alcalde entrecerró los ojos y tamborileó los dedos sobre la mesa.

—Las noticias de Zaragoza son preocupantes. La resistencia sigue, pero no sabemos por cuánto tiempo. El afilador ha traído noticias de que los franceses han atacado con fuerza. Si la ciudad cae, vendrán aquí tarde o temprano.

Miguel sintió un escalofrío recorrer su espalda. Sabía que la guerra se acercaba, pero escuchar aquellas palabras lo hacía más real.

Candela, que hasta ese momento había permanecido en silencio, se acercó con una bandeja en la que llevaba varias hogazas de pan, mientras la criada colocaba en el centro de la mesa un puchero humeante.

—Comed algo mientras habláis, que no se puede planear con el estómago vacío —dijo con tono práctico.

Sirvió en cada cuenco un guiso sencillo de garbanzos con trozos de tocino y zanahoria. El aroma especiado se mezcló con el humo de la chimenea.

Miguel cogió la cuchara y tomó un bocado; el caldo caliente reconfortó su garganta, pero su preocupación no disminuyó.

—No podemos esperar sentados a que nos caiga encima la tormenta —intervino Isabel—. Si vamos a hacer algo, debe ser ahora.

El alcalde la observó con detenimiento. Finalmente, suspiró pesadamente y dejó caer los hombros.

—Si luchamos, debemos organizarnos. No podemos lanzarnos como locos sin saber contra qué nos enfrentamos.

Habrá que reunir a los hombres, contar lo que tenemos y prepararnos —dijo con gravedad.

Jesús, el ganadero, asintió con vehemencia.

—Yo puedo hablar con los pastores. Si es necesario, los convenceré para que se unan.

—Y yo con los mozos que trabajan en los molinos —añadió otro.

Candela recogió los cuencos vacíos con expresión tensa. No hablaba, pero en sus ojos se reflejaba la misma preocupación de todos.

—No es solo cuestión de cuchillos y escopetas —murmuró al fin—. También hará falta comida, refugio, atención para los heridos… Y eso será cosa de todos.

El silencio cayó sobre la sala. Todos sabían que la guerra, si llegaba, no respetaría a nadie. Miguel apretó los puños sobre sus rodillas.

—Entonces, empecemos ya. No podemos permitir que nos tomen desprevenidos.

El alcalde asintió despacio y, con gesto solemne, se puso en pie. La decisión estaba tomada. El pueblo se prepararía. Y la guerra, inevitablemente, los alcanzaría.

Miguel e Isabel salieron de la casa del alcalde y caminaron en silencio por las calles del pueblo, bañadas por la luz intensa del mediodía. Las sombras de las casas se proyectaban sobre las callejuelas de tierra, donde el calor hacía vibrar el aire. A lo lejos se escuchaba el martilleo del herrero, el balido de las ovejas en los rediles y las voces de las mujeres que se dirigían al río para lavar la ropa.

El aroma a guiso que salía de las casas se mezclaba con el de la tierra seca y el sudor de los braceros que regresaban de los campos. En la plaza, algunos niños correteaban descalzos, ajenos a la preocupación que pesaba sobre los adultos.

—No lo vi convencido —murmuró Isabel de pronto, rompiendo el silencio.

—¿A quién? —preguntó Miguel, mirándola de reojo.

—Al alcalde. No tenía la firmeza de quien está dispuesto a defender su hogar. Dijo las palabras adecuadas, pero no sentí convicción en su voz —explicó ella, frunciendo el ceño.

Miguel suspiró y pasó una mano por la nuca.

—Es un hombre mayor, Isabel. Tal vez simplemente teme lo que se avecina.

—O tal vez teme perder más de lo que quiere admitir —dijo ella con seriedad—. Si los franceses llegan, muchos buscarán asegurarse su propia supervivencia antes que la del pueblo. No quiero pensar mal, pero no me sorprendería que ya estuviera considerando una salida para él y los suyos.

Miguel la observó con atención. No era la primera vez que Isabel demostraba tener un instinto agudo para leer a las personas.

—Entonces debemos estar preparados, con o sin su ayuda —dijo él finalmente.

—Sí. Y yo me encargaré de la enfermería y de enseñar a las mujeres técnicas de vendaje y curas. No podemos esperar a que la guerra nos tome por sorpresa sin un lugar donde atender a los posibles heridos —afirmó ella.

Caminaron un poco más hasta llegar a la puerta de la casa de Isabel. Allí, Miguel tomó su mano entre las suyas.

—Isabel… nuestra boda…

Ella bajó la mirada, como si ya esperara aquella conversación.

—No es tiempo para bodas, Miguel —dijo con voz suave pero firme—. No, con la incertidumbre que nos rodea.

—Lo sé. Pero cuando todo esto pase, cuando recuperemos la paz…

—Cuando todo pase, nos casaremos —terminó ella por él, apretando su mano con ternura—. Pero ahora hay cosas más urgentes —aseguró, finalizando la conversación con un fugaz beso.

Miguel asintió, sin soltar su mano. En aquel momento, bajo el sol abrasador del mediodía, hicieron una promesa silenciosa. La guerra se cernía sobre ellos, pero su amor, aunque aplazado, seguiría en pie.

IV

Caía otra tarde de verano cuando un jinete cubierto de polvo y con el rostro demacrado entró en la plaza de Fuentes de Ebro. Su caballo, extenuado, avanzaba al paso mientras el hombre miraba en todas direcciones, buscando rostros conocidos. Era Martín, un viajero que solía ir y venir entre los pueblos cercanos, llevando encargos y noticias.

—¡Traigo novedades de Zaragoza! —exclamó con voz ronca, desmontando con dificultad y entrando en la taberna—. Los franceses han reforzado el asedio. Un general nuevo ha llegado para dirigir los ataques. Verdier se llama.

Los aldeanos se congregaron alrededor de él. El tabernero le acercó una jarra de agua fresca y, tras dar un largo trago, Martín prosiguió.

—Dicen que este Verdier tiene más mando que Lefebvre, que los ataques van a ser mucho más duros. En Villafranca me han dicho que ya se están viendo más tropas acercarse.

—¿Cuándo llegaron esos refuerzos? —preguntó Miguel, con el ceño fruncido.

—Hace tres días. Apenas los vieron entrar en la ciudad, los bombardeos se hicieron más intensos. Desde entonces no ha habido descanso. La artillería francesa no da tregua, y en Zaragoza la gente apenas tiene donde refugiarse.

Un murmullo de consternación recorrió la sala.

Isidora se persignó, murmurando una oración. Isabel dio un paso adelante, con el rostro pálido.

—¿Cómo está la gente? —preguntó.

—Resisten, pero cada día es peor. Ayer… —Martín bajó la voz, como si no quisiera decirlo en voz alta— hubo una explosión en el Seminario de San Carlos. El polvorín saltó por los aires.

Un grito ahogado escapó de una de las mujeres presentes. Jesús, el ganadero, maldijo entre dientes.

—¿Fue un ataque? —preguntó el alcalde, que había salido de su casa tras saber de su llegada y escuchaba en silencio.

—No. Por lo que cuentan, alguien encendió un cigarro cerca de los barriles de pólvora. La explosión destrozó medio barrio de la Magdalena y los franceses intentaron entrar en la ciudad en medio del caos. Hubo combates por todas partes, pero los nuestros aguantaron. Aunque perdimos terreno…

Miguel sintió un nudo en el estómago. Sabía lo que venía después.

—¿Qué pasó con Torrero? —Su pregunta era más por su hermano Fernando, que allí vivía, que por el barrio en sí.

Martín desvió la mirada, sabiendo el motivo de esa pregunta y asintió con gravedad.

—Lo tomaron. No solo Torrero, también otros puntos extramuros. Ahora los franceses están mejor posicionados. Desde ahí, están amenazando la Aljafería. No sé cuánto podrán resistir.

Un silencio tenso se apoderó del grupo. Todos miraban al alcalde, esperando una respuesta, un plan.

—No podemos quedarnos quietos —dijo Jesús finalmente—. Si Zaragoza cae, seremos los siguientes.

—Ya hemos fortificado lo que hemos podido —respondió el alcalde, pasando una mano temblorosa por su barba—.

Pero no tenemos hombres suficientes para resistir un ataque serio.

—Entonces habrá que conseguirlos —dijo Miguel, con voz firme—. Si hay que pelear, pelearemos.

El alcalde observó a los presentes por un instante y asintió lentamente.

—Mañana enviaremos emisarios a los pueblos cercanos. Que todo aquel que quiera luchar venga a Fuentes de Ebro.

Los parroquianos siguieron hablando y preguntando a Martín por familiares y amistades, buscando saber cómo se encontraban. Miguel e Isabel salieron de allí y caminaron en silencio hasta la sala de enfermería. El lugar estaba tenuemente iluminado por una lámpara de aceite, y el aire olía a hierbas medicinales y alcohol. Isabel se cruzó de brazos, apoyándose contra una mesa de madera desgastada.

—Tengo miedo, Miguel —admitió en voz baja, rompiendo el silencio—. No por mí, sino por lo que está por venir.

Miguel la observó, notando la tensión en sus hombros, la preocupación en su mirada.

—Todos tenemos miedo —respondió, acercándose a ella—, pero si algo he aprendido en estos días es que el miedo no nos salvará.

Isabel asintió lentamente y, tras un momento de duda, abrió un cajón de la mesa. Sacó un cuchillo de caza con una empuñadura de madera oscura y lo sostuvo con firmeza antes de entregárselo a Miguel.

—Era de Rogelio, mi esposo —dijo con voz contenida, pero firme—. Quiero que lo tengas tú. Y si llega el momento, úsalo como un hombre, como un español, contra el invasor.

Miguel tomó el cuchillo con cuidado. El peso del arma en su mano parecía cargarlo de un significado más profundo que cualquier otra cosa hasta el momento. Levantó la mirada y vio miedo y esperanza en los ojos de Isabel.

—Lo haré —afirmó con solemnidad—. Y prometo que, si lo uso, será por algo por lo que valga la pena.

Isabel asintió y, en un gesto inesperado, tomó la mano de Miguel entre las suyas, sintiendo la calidez y la fuerza que transmitía.

—Entonces, que Dios nos proteja —susurró.

Se quedaron en silencio, observando cómo la luz de la lámpara parpadeaba en la penumbra.

Isabel se acercó a la ventana y miró hacia afuera. La noche caía sobre el pueblo y, en la lejanía, las sombras de los campos parecían estirarse hasta fundirse con el cielo estrellado.

—Antes todo era más sencillo —musitó—. Cuando la guerra era solo un rumor lejano y no una amenaza en nuestra puerta.

Miguel se acercó a ella, posando una mano en su hombro con suavidad.

—Te acompaño a casa —ofreció.

Isabel negó con la cabeza y esbozó una leve sonrisa.

—No. Quiero quedarme aquí un rato más. Quiero acomodar la sala y hacer inventario de vendas y tinturas. No sabemos cuándo serán necesarias. Además, debo preparar cataplasma de mostaza. El crío de la Palmira se ha torcido un tobillo y no baja la hinchazón.

Miguel la miró con admiración y respeto. Finalmente, asintió.

—Entonces descansa cuando termines —dijo con voz cálida—. Nos esperan días duros. Y con una última mirada, salió de la enfermería, dejando a Isabel con sus pensamientos y la tenue luz de la lámpara.

Isabel caminaba de regreso a su casa después de visitar a Palmira con la cataplasma, cuando un movimiento en la penumbra cerca del ayuntamiento llamó su atención. Se detuvo en seco, refugiándose entre las sombras de un portal. Frente a la puerta lateral del edificio, el alcalde don Eulogio hablaba en voz baja con un hombre que Isabel no reconocía. Vestía ropas sencillas pero elegantes, y había algo en su actitud que lo hacía destacar: estaba demasiado tranquilo, como si aquella reunión fuera algo que había hecho otras muchas veces.

Isabel entrecerró los ojos, observando cómo el desconocido entregaba un pliego de papel al alcalde. Este lo tomó con rapidez y lo guardó en el interior de su chaqueta antes de darle un apretón de manos y despedirlo con un leve asentimiento. El hombre se alejó por la callejuela, perdiéndose entre las sombras.

Su primer impulso fue acercarse y exigir explicaciones, pero algo la detuvo. No tenía pruebas de que aquello fuera más que un simple mensaje. Quizá era una instrucción de defensa, o tal vez… algo más.

Con el corazón latiéndole con fuerza, decidió no decir nada por el momento. Necesitaba más información antes de lanzar acusaciones.

Isabel se ajustó su mantón sobre los hombros y, tras un momento de duda, decidió seguirlo. Manteniendo una distancia prudente, avanzó entre las calles de tierra. El desconocido caminaba con paso firme, sin mirar atrás, alejándose del pueblo por el sendero que conducía al río. Las luces del pueblo se desvanecían y eran reemplazadas por la tenue luz de la luna que se filtraba entre los chopos del camino. El desconocido caminaba unos metros delante. Su silueta apenas destacaba contra el brillo plateado del agua.

Cuando llegó a la orilla, el hombre se detuvo junto a una roca grande. Isabel, ocultándose tras unos arbustos, observó como daba tres golpes suaves en la superficie de la piedra. Hubo un instante de silencio antes de que una figura emergiera de entre las sombras.

—¿Novedades? —preguntó la voz grave de un hombre que parecía surgir de las profundidades del río.

—Sí, todo marcha según lo planeado —respondió el desconocido—. El alcalde ha accedido a nuestras condiciones. El general Verdier tendrá lo que necesita al llegar.

—Bien —respondió la segunda figura tras examinar el pergamino—. Asegúrate de que nadie sospeche.

Isabel apretó los labios, esforzándose por no hacer ruido. Podía sentir la fría humedad de la hierba bajo sus rodillas mientras se inclinaba un poco más para escuchar.

El crujido de una rama rota rompió el silencio como un eco traidor. Isabel contuvo la respiración al instante, maldiciendo en su interior su falta de cuidado. El desconocido, sobresaltado, giró sobre sus talones, escudriñando la penumbra que lo rodeaba.

—¿Quién anda ahí? —Su voz resonó con firmeza, cargada de desconfianza.

Isabel permaneció inmóvil, refugiada entre los arbustos, sintiendo cómo el corazón le martilleaba en las sienes. La débil luz de la luna se reflejó en el rostro del desconocido. Fue entonces cuando Isabel sintió que el aire abandonaba sus pulmones. Conocía esa cara: era Cándido, el hermano del tabernero. Su mandíbula cuadrada y la cicatriz en la frente eran inconfundibles.

Durante unos segundos, que parecieron eternos, Cándido fijó su atención en la dirección del sonido. Finalmente, sacudió la cabeza y murmuró:

—Malditos zorros… —Y con un encogimiento de hombros, continuó con paso apresurado hacia el bosque.

Isabel esperó unos minutos, asegurándose de que se había alejado, antes de levantarse con cautela. Sus piernas temblaban ligeramente mientras se apartaba del lugar y emprendía el camino de regreso al pueblo. Cada paso era una lucha contra la sensación de haber quedado al descubierto y por la traición de Cándido. ¿Qué hacía allí? ¿Por qué trabajaba para los franceses?

Ya en la seguridad de su hogar, Isabel se dejó caer sobre la silla junto a la ventana, aún con los pensamientos agolpándose en su mente. No podía ignorar lo que había visto y oído. Miguel debía saberlo; él, más que nadie, entendería la gravedad de la situación.

Al asomarse por la ventana y ver los primeros destellos del alba en el horizonte, Isabel tomó una decisión: en cuanto el pueblo despertara, compartiría todo con Miguel.

V

El amanecer encontró a Isabel sentada junto a la ventana, con los ojos cansados y la mente aún atrapada en los sucesos de la noche anterior. Cada vez que intentaba descansar, la imagen del rostro de Cándido, iluminado fugazmente por la luz de la luna, volvía a atormentarla. ¿Qué hacía él implicado en algo tan oscuro? Las preguntas bailaban en su cabeza como un enjambre imposible de apaciguar.

Cuando los primeros rayos del sol bañaron las calles del pueblo, Isabel decidió con firmeza: Miguel tenía que saberlo. Él siempre encontraba la manera de desenmarañar las situaciones más complicadas, y su presencia le daba una seguridad que ahora parecía urgente. Se arregló rápidamente y salió de casa. El fresco de la mañana despejó un poco su mente.

Sin embargo, al llegar a la casa de Miguel, descubrió con desazón que no estaba. Una vecina que barría el umbral de su puerta le informó:

—Miguel y Jesús madrugaron. Se han ido a Quinto en busca de hombres para reforzar la defensa. Puede que vuelvan al anochecer, con suerte.

Isabel agradeció con un leve movimiento de cabeza, aunque en su interior sintió una punzada de incertidumbre. Sin Miguel, no sabía a quién más acudir. Tras un suspiro, comenzó a caminar hacia la plaza con la esperanza de organizar sus pensamientos.

Fue entonces, al doblar una esquina, cuando se encontró frente a frente con Cándido. Él llevaba un saco al hombro, seguramente con provisiones de la taberna. Sus ojos se encontraron, y aunque Cándido le dedicó una sonrisa cortés, Isabel sintió cómo su piel se erizaba. Sabía demasiado, y aunque él no parecía sospechar nada, la tensión dentro de ella era casi insoportable.

—Isabel, buenos días —la saludó con su tono habitual—. ¿No has podido dormir? Pareces cansada.

—Buenos días, Cándido. No mucho, la verdad… —respondió, esforzándose por mantener la calma y evitar que su voz temblara.

—Bueno, cuídate. Hoy será un día largo para todos, con estos tiempos inciertos. —Le dedicó un gesto amable antes de continuar su camino.

Isabel lo observó alejarse, con la incomodidad creciendo en su interior. Fingir normalidad frente a él le resultaba casi imposible, pero debía mantener el secreto hasta poder hablar con Miguel. Necesitaba su consejo antes de tomar cualquier decisión. Mientras volvía sobre sus pasos, una nueva decisión se asentaba en su pecho: no permitiría que Cándido ni los franceses continuaran con su plan sin resistencia.

Isabel pasó el día en la sala de curas, ocupando sus manos con ungüentos y vendajes mientras su mente no dejaba de divagar sobre la traición del alcalde. La conversación con Cándido esa mañana aún le quemaba en la memoria. Sus palabras parecían inofensivas, pero ahora cada gesto y cada mirada se teñían de sospecha.

Mientras atendía a un niño con una herida en la rodilla, su madre, una mujer robusta de mejillas sonrosadas, intentaba distraerla con conversaciones sobre la cosecha de trigo y el pan que recién había salido del horno en su casa. Isabel asentía, sonreía en los momentos adecuados, pero por dentro solo contaba los minutos, esperando ver aparecer a Miguel o a Jesús con noticias.

El flujo de pacientes fue constante: un anciano con fiebre, un hombre con un corte en la mano por un accidente con la hoz, una niña con tos persistente... Todos pasaban por su sala, y todos traían consigo conversaciones sobre cualquier cosa, excepto lo que realmente la atormentaba.

—¿Has oído que el herrero ha conseguido más hierro para reforzar las puertas? —comentó una mujer mientras Isabel le envolvía el brazo con un vendaje limpio.

—Sí, me alegra saber que estamos preparándonos —respondió ella con voz ausente.

—Dicen que el alcalde está organizando a los hombres, pero... ¿crees que nos dirá toda la verdad? —insistió la mujer en voz baja.

Isabel levantó la mirada y la sostuvo un momento. No sabía si debía hablar o callar, pero finalmente solo dijo:

—Esperemos que así sea.

Las horas transcurrieron lentas. Cada vez que la puerta se abría, Isabel giraba la cabeza con la esperanza de ver a Miguel o a Jesús, pero solo encontraba más vecinos con dolencias cotidianas.

El sol se fue inclinando en el horizonte y el color dorado del atardecer tiñó la sala con un brillo cálido; sin embargo, la inquietud en su pecho no disminuyó.

Cuando cayó la noche, Isabel se permitió un momento de descanso. Se sentó en una silla junto a la mesa de trabajo y cerró los ojos un instante. No había señales de Miguel ni de Jesús, y eso le preocupaba más de lo que quería admitir. ¿Habría pasado algo en el camino? ¿Y si la traición del alcalde ya estaba en marcha?

Un golpe en la puerta la hizo incorporarse de golpe. Contuvo la respiración y se dirigió a abrir. Pero al hacerlo, solo encontró a Isidora con una cesta de pan y queso.

—Pensé que no habías comido en todo el día —dijo la mujer con una sonrisa cansada.

Isabel intentó devolverle el gesto, pero solo consiguió una mueca tensa. Aceptó la cesta y la dejó sobre la mesa sin tocarla.

—¿Sigues esperando noticias? —preguntó Isidora, bajando la voz.

—Sí —admitió Isabel—. Y cada minuto que pasa sin ellas me inquieta más.

Isidora suspiró y le apretó el brazo con afecto.

—Vendrán. Ten fe.

Pero la fe no disipaba la sombra de la traición que pendía sobre el pueblo como una amenaza invisible. Y el miedo a lo desconocido solo crecía con la oscuridad de la noche.

De pronto, un grito rasgó el silencio de la calle. Luego, otro. Y otro más. Isabel e Isidora se miraron con los ojos abiertos de par en par antes de correr hacia la puerta. Al asomarse a la calle, vieron a varios aldeanos corriendo en dirección opuesta a la entrada del pueblo, con los rostros desfigurados por el terror.

—¡Los franceses! ¡Los franceses están aquí! —gritó un hombre antes de desaparecer en un callejón.

Desde la lejanía, se oía el galopar de caballos, el retumbar de botas en el suelo y el chasquido de las armas preparándose para disparar. Isabel sintió como su pecho se cerraba. La guerra no había esperado más. Había llegado a Fuentes de Ebro, y lo hacía con la violencia de un trueno en la noche.

VI

El sol apenas despuntaba cuando Jesús y Miguel partieron del pueblo en el pequeño carro de madera que el pastor usaba para transportar sus ovejas. La carreta crujía bajo su peso y el de los sacos de provisiones que habían cargado a toda prisa antes de partir. Tirada por una mula vieja y testaruda, la marcha era lenta, pero su objetivo no permitía dilaciones: debían llegar cuanto antes al pueblo vecino para advertirles del inminente avance francés y conseguir ayuda para la defensa.

—Espero que la mula no se canse a mitad de camino —murmuró Miguel, acomodándose sobre un fardo de paja.

—Paca no es rápida, pero es resistente —respondió Jesús, tirando de las riendas con firmeza—. Si la tratas bien, te lleva hasta el fin del mundo.

El camino de tierra serpenteaba entre colinas cubiertas de olivos y viñedos. Aún era temprano, y el aire fresco de la mañana les daba un respiro antes de que el sol comenzara a calentar con furia. Mientras avanzaban, el crujido de la carreta y el traqueteo de las ruedas sobre el camino eran los únicos sonidos que rompían el silencio de la campiña.

—¿Crees que nos harán caso? —preguntó Miguel, con el ceño fruncido—. Puede que no quieran meterse en problemas.

—No podemos obligarlos, pero si les explicamos la situación, tal vez entiendan que, si nuestro pueblo cae, ellos serán los siguientes —señaló Jesús sin apartar la vista del camino—. Más vale estar preparados que lamentarlo después.

Miguel asintió, aunque la preocupación seguía pintada en su rostro. Sabía que la guerra no daba segundas oportunidades.

A lo lejos, divisaron una figura acercándose a pie por el camino. Un hombre con ropas gastadas y un pañuelo anudado al cuello caminaba con paso apresurado en dirección contraria. Cuando estuvo a unos metros, alzó la mano y les hizo señas para que se detuvieran.

—¡Buenos días, viajeros! —saludó con voz áspera—. No es común ver gente en el camino tan temprano.

Jesús detuvo la mula en seco y miró con recelo al desconocido.

—Llevamos prisa, amigo. Tenemos un asunto urgente en el pueblo vecino.

El hombre sonrió, apoyándose en su bastón.

—No quise asustarlos. Solo me preguntaba si van hacia Quinto. He escuchado rumores de que se están preparando para algo grande. Muchos hombres se están armando.

Miguel y Jesús intercambiaron miradas. Tal vez las noticias ya se estaban extendiendo.

—Eso esperamos —respondió Miguel—. Vamos justo a hablar con ellos.

El hombre asintió lentamente.

—En ese caso, espero que tengan suerte. Que Dios los acompañe.

Con un leve gesto de despedida, el hombre siguió su camino. Jesús chasqueó la lengua y la mula reanudó la marcha.

—Esperemos que no sean solo rumores —murmuró Miguel—. Vamos a necesitar toda la ayuda posible. El carro avanzó lentamente por el polvoriento sendero. La verdadera prueba aún estaba por venir. Miguel observó el horizonte mientras el carruaje avanzaba por el camino polvoriento. El sol del mediodía caía implacable sobre los campos resecos, donde la tierra agrietada y las matas dispersas de esparto hablaban de un verano largo y duro. A lo lejos, una hilera de chopos bordeaba un arroyo de caudal escaso. Su verdor contrastaba con el ocre dominante del paisaje. El aire olía a tomillo y a polvo caliente, y un leve viento seco arrastraba las briznas de hierba en pequeñas espirales pasajeras.

Sus pensamientos volaron hasta Isabel. No había tenido oportunidad de despedirse de ella, ni siquiera de explicarle su abrupta partida. Imaginó su rostro al enterarse de su ausencia, quizá confuso, quizá decepcionado. Lo atormentaba la idea de que pensara que la había olvidado, cuando, en realidad, cada kilómetro que lo alejaba de ella solo avivaba su deseo de volver a verla.

—Miguel, ¿sigues con nosotros? —preguntó Jesús, sacándolo de su ensimismamiento.

—Sí, sí, solo estaba pensando —respondió este, obligándose a volver al presente.

Conforme se acercaban a Quinto, la iglesia de la Asunción apareció en lo alto, dominando la vista del pueblo. El Piquete, como la llamaban los lugareños, se alzaba con su torre de ladrillo y su silueta imponente, recortada contra el cielo despejado.

Sus muros, gastados por el viento y los años, parecían guardar historias que solo ellos conocían. A Miguel siempre le había impresionado aquel edificio, no por su tamaño, sino por la sensación de permanencia que transmitía, como si hubiera estado allí desde siempre y allí siguiera, pasara lo que pasara.

El carromato entró en el pueblo, modesto pero acogedor, con casas de adobe y tejados rojizos que reflejaban la luz intensa del mediodía. La calle principal estaba tranquila, salvo por algunas mujeres que transportaban cántaros de agua y un par de niños que corrían descalzos entre las sombras.

Jesús se acercó a un anciano que descansaba a la sombra de un portal.

—Buenas, venimos con noticias importantes. ¿Podría decirnos dónde encontrar al alcalde? —inquirió con tono apremiante.

El hombre los miró con curiosidad y señaló con su bastón una casa más grande que las demás, con un pequeño escudo de piedra en la entrada.

—Ahí vive Esteban, el alcalde. Tocad fuerte, que a veces se hace el sordo —respondió con una sonrisa torcida.

Miguel y Jesús intercambiaron una mirada y se dirigieron con paso firme hacia la casa. La incertidumbre pesaba en el aire, y sabían que lo que tenían que decir podía cambiar muchas cosas.

Jesús golpeó la puerta con decisión. Se escucharon pasos ligeros y, tras un instante, apareció una muchacha de tez clara y salpicada de pecas, con el cabello recogido de cualquier manera y un mandil atado a la cintura. Los miró con cautela, secándose las manos en la tela.

—¿Sí? —preguntó, escrutándolos con curiosidad.

—Buscamos al alcalde, Esteban. Tenemos noticias urgentes —dijo Jesús.

La joven frunció el ceño y negó con la cabeza.

—No está en el pueblo. Se marchó ayer por asuntos importantes y no volverá hasta dentro de unos días.

Miguel apretó los labios. No era lo que esperaban oír.

—¿Hay alguien más con quien podamos hablar? —insistió.

La muchacha se cruzó de brazos, pensativa.

—Podéis hablar con Bordetas. Es quien se encarga cuando Esteban no está. Seguro que él os atiende.

—¿Dónde podemos encontrarlo? —preguntó Miguel.

—Está en los huertos, a las afueras, revisando los campos. Seguid el camino que baja por detrás de la casona, no tiene pérdida.

Miguel y Jesús asintieron y, agradeciendo las indicaciones, fueron al encuentro de Bordetas.

La brisa agitaba las hojas de los chopos que bordeaban las acequias, llevando consigo el aroma fresco del agua y la tierra húmeda. Los campos de Quinto se extendían en un mosaico de tonos verdosos, con hileras de hortalizas que crecían con orden meticuloso. Los árboles frutales, con las ramas cargadas de frutos aún en maduración, se alzaban en pequeños huertos, mientras que los senderos de tierra seca crujían bajo las pisadas.

Entre los surcos, un hombre de complexión robusta, de estatura media y hombros anchos revisaba el flujo del agua con gesto concienzudo. Su cabello oscuro, revuelto y salpicado de tierra, contrastaba con su piel curtida por años de trabajo al aire libre. Su rostro anguloso, de nariz recta y cejas gruesas, mostraba una expresión tranquila, aunque sus ojos castaños tenían un brillo sagaz.

Miguel avanzó unos pasos y alzó la voz.

—Bordetas, tenemos que hablar.

El aludido se giró con parsimonia, apoyando las manos en las caderas. Su mirada, aguda pero tranquila, recorrió a los recién llegados con un dejo de curiosidad.

—¿Y a qué debo esta visita? —preguntó, secándose el sudor con un pañuelo.

Miguel dio un paso al frente, con urgencia en la voz.

—Hemos venido con noticias preocupantes. Los franceses avanzan, y creemos que podrían llegar hasta aquí en cualquier momento. En nuestro pueblo ya hay quienes se preparan para defenderse. Debéis hacer lo mismo antes de que sea tarde.

Bordetas frunció los labios y negó con la cabeza, volviendo la vista a la acequia.

—Bah, mucho ruido y pocas nueces —dijo, hurgando en el agua con una vara—. Llevamos meses oyendo esos cuentos de invasión, y aquí seguimos, con nuestras cosechas y nuestro ganado intactos.

Miguel apretó los puños, intentando contener su frustración.

—No son cuentos, Bordetas. Hay desabastecimientos, enfrentamientos en los caminos… No podemos quedarnos de brazos cruzados.

El hombre soltó una carcajada seca.

—¿Y qué proponéis? ¿Enfrentarnos a los franceses con azadas y horcas? No seáis ingenuos. Son un ejército de verdad, con armas y disciplina. Si llegan, lo mejor será recibirlos con prudencia, no provocar una matanza inútil.

Jesús sintió la rabia arderle en la garganta.

—¿Quieres decir que debemos rendirnos sin más? —gritó el pastor, levantando un puño hacia su interlocutor.

—Quiero decir que tal vez los franceses no sean el demonio que os han pintado —respondió Bordetas, encogiéndose de hombros—. Al fin y al cabo, traen orden y nuevas leyes. ¿Y qué nos ha dado la Corona española? Impuestos y miseria.

Miguel lo miró con incredulidad.

—¿De verdad crees que vienen a ayudar? Solo quieren saquear y someter. Si nos doblegamos, seremos sus esclavos.

Bordetas suspiró con fastidio y se inclinó para revisar la tajadera de la acequia.

—Mirad, haced lo que queráis. Si el pueblo quiere perder el tiempo en jugar a la guerra, adelante. Yo tengo que ocuparme de los riegos, que eso sí es lo que nos da de comer.

Antes de que Miguel pudiera replicar, Bordetas hizo un gesto con la mano, como si el asunto ya no le interesara.

—Si tanta prisa tenéis en la defensa, hablad con los hermanos Urmeneta. Ellos sí están dispuestos a enfrentarse a los franceses y han reunido a unos cuantos parroquianos. Tal vez quieran irse con vosotros.

Miguel y Jesús compartieron un pensamiento común: no estaban solos en la causa y conocían la fama de los hermanos. Aunque la negativa de Bordetas les frustraba, saber que otros se preparaban renovó su determinación. Sin más dilación, giraron sobre sus pasos y emprendieron el regreso al pueblo.

VII

El sol aún ardía sobre los tejados rojizos de Quinto cuando Miguel y Jesús cruzaron la plaza principal, sofocados por el calor pegajoso que se aferraba a la ropa como un castigo. Las calles, polvorientas y dormidas, olían a estiércol seco y a vino derramado. El sopor del verano lo envolvía todo, hasta los pensamientos. Un perro dormía a la sombra de un carro volcado y, en los balcones, algunas mujeres se abanicaban con resignación.

La taberna se hallaba en la esquina más fresca del pueblo, aunque decir fresca era un decir. Un toldo descolorido de lona colgaba perezoso sobre la entrada, y de dentro salía un vaho espeso de sudor, tabaco y vino caliente. Al empujar la puerta, Miguel frunció el ceño; el aire era denso, estancado, como si no se hubiese movido en semanas.

Miguel y Jesús cruzaron el umbral de la puerta, y el sonido de esta al abrirse rompió brevemente la quietud. Dentro, unos pocos hombres conversaban en voz baja, envueltos en una bruma de humo que la luz de la tarde apenas lograba atravesar. El murmullo se interrumpió un instante al ver a los forasteros, pero enseguida regresó a su monotonía. Al fondo, cerca del ventanuco que daba a la acequia, los hermanos Urmeneta mataban el tiempo sobre una mesa de madera agrietada. Andrés, el mayor, mantenía la espalda recta y los ojos agudos, como si estuviera más acostumbrado a la intemperie que a los muros. Tenía las manos grandes y curtidas, con los nudillos marcados como piedras, disfrutando de unos platos de rabanetas, cortadas en rodajas finas y acompañadas de un poco de sal, para refrescar el paladar. A su lado, Tomás, más joven y de porte más ágil, bebía de un porrón y bromeaba con Pilara, la mesonera, aunque sin mucha gracia. Llevaba un pañuelo rojo al cuello, descolorido por el sol, y la piel quemada por mil días de campo y faena.

—Ahí están —murmuró Jesús, señalándolos con un leve movimiento de cabeza.

Al verlos, Miguel sintió un impulso de esperanza. Recordó las historias que había oído sobre los Urmeneta: eran jóvenes valientes, conocidos por su coraje, y no dudaba de que su apoyo en la causa sería un buen augurio. Caminó hacia ellos con paso firme, retirándose el sombrero y secándose la frente con la manga. No hizo falta anunciarse. Andrés los vio venir y, tras cruzar una mirada rápida con su hermano, les indicó con un gesto que tomaran asiento.

—Buenas tardes, caballeros —saludó Andrés con voz grave—. ¿A qué debemos esta visita?

Miguel no perdió tiempo en rodeos.

—Buscamos hombres dispuestos a defender nuestra tierra de uniformes azules. Al amanecer partiremos hacia nuestro pueblo con o sin ayuda.

Andrés apoyó los codos sobre la mesa y entrelazó los dedos. Su expresión no cambió, pero sus ojos chispearon un instante.

—Sabíamos que acabaríais viniendo —dijo.

—¿Lo esperabais?

—Claro —intervino Tomás, dejando el porrón—. Aquí, en Quinto, el que tiene oídos ya no duerme tranquilo. Pero hay quien prefiere cerrar los ojos.

—¿Y el alcalde? —preguntó Jesús—. No hemos podido dar con él, y el tal Bordetas ha escurrido el bulto.

Andrés soltó una risa amarga, sin humor.

—¿El alcalde? Ese no da con la nariz en su propia cara. Hace días que se esconde entre cántaros y partidas de naipes, convencido de que los franceses no pisarán estas tierras. Que no son más que cuentos de caminantes.

—Dice —añadió Tomás, imitándolo con tono burlón— que «si los gabachos cruzan el Ebro, yo me meto a monje». Mira tú qué cosas. A monje.

Jesús apretó los labios, conteniendo la cólera.

—Eso es una locura.

—Una cobardía —sentenció Andrés—. Lo peor es que no está solo. Hay muchos que aún creen que esto no va con ellos, que la guerra se quedará en los libros, como las plagas o las leyendas. Pero no. Ya la tenemos en los talones.

Se hizo un silencio tenso, solo roto por el zumbido de una mosca y el chirriar de una silla al fondo de la taberna.

Miguel apoyó los brazos en la mesa, con la voz baja pero firme.

—Necesitamos hombres. Brazo y voluntad. No sabemos qué pasará cuando lleguen a Fuentes, pero más vale presentarse con la cara levantada que quedarse a ver arder el mundo desde el umbral de casa.

Andrés lo miró unos segundos. Luego asintió lentamente.

—Iremos con vosotros. Hace días que lo hablamos entre nosotros. No podemos quedarnos sentados mientras otros se juegan el pellejo por todos.

—Nuestras mulas están listas —añadió Tomás—, y nuestras ganas, más todavía. Mañana, al alba, saldremos.

Miguel sonrió, breve y sincero.

—Entonces somos cuatro.

—De momento —replicó Andrés, apurando su copa—. Que Dios quiéra que seamos muchos más.

VIII

La noche cayó sobre Quinto como un sudario tibio. No traía frescor, sino un calor aplastante que parecía emanar del mismo suelo. Las casas blanqueadas guardaban el calor del día en sus entrañas, y ni siquiera la brisa que solía alzarse desde el río ofrecía alivio. En el pequeño patio trasero de la taberna, incapaces de dormir, Miguel repasaba su petate a la luz de un candil, mientras Jesús ajustaba las cinchas de las mulas con manos tensas.

—¿Tienes la pólvora? —preguntó Miguel sin mirar, concentrado en revisar la escopeta que le había prestado la Pilara.

—Sí, y las piedras de chispa. No mucho, pero nos servirá. —Jesús sacudió la cabeza—. No estamos hechos para la guerra, Miguel.

—Pero la guerra sí está hecha para alcanzarnos —respondió su amigo con gravedad.

Dentro, los hermanos Urmeneta se movían con rapidez y orden, como hombres acostumbrados a recoger la casa en un santiamén. Andrés envolvía un cuchillo largo en un paño de lino y lo ocultaba en su zurrón, mientras Tomás rellenaba la bota de vino y se la colgaba al cinto.

—¿Tantas ganas tenéis de morir? —ironizó la mesonera al verlos listos antes de que la luna asomara.

—Más que de dormir, señora —respondió Tomás, guiñándole un ojo—. No quiero que los gabachos me pillen en calzoncillos.

La mujer se santiguó con preocupación.

—Dicen que por Osera y Aguilar se han visto casacas azules. ¿Es cierto?

—Se expanden como una plaga —repuso Andrés.

No tardaron en llegar más rumores. Un mozo corrió por la calle con la camisa desabrochada, gritando que un arriero que venía de Pina había visto una columna de franceses bordeando el Ebro, en dirección sur. La noticia se extendió como fuego sobre yesca seca. La taberna cerró sus postigos con premura, y algunas mujeres comenzaron a sacar imágenes de santos a las ventanas, como si su mirada pudiera detener una bala.

Miguel salió al portal con la escopeta colgada al hombro y la expresión seria.

—No podemos esperar más. Si llegan antes que nosotros a Fuentes, será tarde.

—Maldito sea Bonaparte —murmuró Jesús, tensando las riendas de Paca—. Pues vamos, y que San Jorge nos ampare.

Los cuatro hombres se montaron en sus monturas bajo la mirada de algunos vecinos que, desde las sombras, observaban en silencio mientras algunos jóvenes, impulsados por la admiración hacia los hermanos, se subieron a la carreta para luchar junto al grupo. No hubo despedidas ni promesas, solo miradas graves, como si ya supieran que los tiempos que venían no serían piadosos con nadie.

Partieron al galope, las pezuñas levantando polvo y espantando gallinas dormidas. El camino hacia Fuentes se abría en la penumbra, envuelto en calor y presentimientos.

Las sombras se estiraban en la llanura como brazos de otro mundo, y el sonido de los grillos quedaba ahogado por el golpeteo urgente de sus monturas.

Tomás, que cabalgaba a la izquierda, miró de reojo a Miguel.

—¿Crees que llegarán antes que nosotros?

—No lo sé —respondió el otro, sin apartar la vista del horizonte—. Pero, si llegan, no habrán de encontrar cobardes en su camino.

Y bajo el cielo estrellado, entre el polvo y la urgencia, galoparon hacia un destino incierto, como hombres que ya no buscaban gloria, sino dignidad.

El camino hacia Fuentes se extendía como una lengua de tierra seca entre los campos abrasados por el verano. Ya bien pasada la medianoche, solo la luna guiaba su marcha, blanca y altiva, iluminando los senderos con un fulgor lechoso que hacía brillar las piedras como ojos ocultos. El calor, lejos de aliviarse, parecía estancado en la tierra, saliendo en oleadas silenciosas, como si el suelo mismo ardiera con ira contenida.

Los hombres avanzaban al trote, con los rostros tensos y las miradas clavadas en el horizonte. No hablaban. El galope sobre la tierra seca era todo cuanto podía oírse, salvo algún canto lejano de aguilucho o el lamento breve de un búho.

A medio camino de una loma, Paca relinchó con fuerza. Se detuvo en seco, agitando las crines.

—¿Qué diablos…? —murmuró Andrés, desenfundando el trabuco de mano que siempre lo acompañaba.

Allí, en mitad del camino, una figura tambaleante se recortaba contra la claridad pálida del campo. Era una mujer, cubierta de polvo y sangre seca, con la falda desgarrada y los brazos enrojecidos. Apretaba contra su pecho un niño pequeño, de no más de tres años, que sollozaba sin fuerzas.

—¡Deteneos! —exclamó Miguel, y descendió de un salto.

Corrió hacia ella, con el corazón en vilo.

—¡Isidora!

La mujer lo reconoció al instante, aunque apenas se sostenía en pie. Cayó de rodillas, y fue él quien la sostuvo con ambas manos.

—¿Qué ha pasado? ¿Qué haces aquí? ¿Dónde está Isabel?

Isidora no podía hablar. Respiraba con dificultad, con los labios partidos y el rostro tiznado de ceniza y lodo. El niño, a su vez, se aferraba a su cuello, con los ojos abiertos de par en par, vacíos.

Jesús sacó agua de su odre y se la acercó.

Isidora bebió un sorbo y luego alzó la vista, con una mezcla de furia y dolor.

—Nos cayeron encima esta misma noche —dijo por fin—. Sabían por dónde entrar, conocían los caminos, dónde estaban las trampas, incluso rompieron las puertas del convento donde nos refugiábamos con los *zagalicos*.

Miguel apretó los dientes.

—¿Quién...? ¿Cómo...?

—Alguien nos ha vendido, no ha sido casualidad. —Isidora miró alrededor con los ojos como platos—. Eran muchos... y no entraron como un ejército, sino como sabandijas. Callados. Rápidos.

—¿Y qué hicieron? —preguntó Jesús con la voz en un hilo.

—Lo destrozaron todo —escupió ella—. Las imágenes, los libros, las mantas… hasta el altar lo echaron abajo. Escuché cómo partían las maderas con hachas. Una hermana intentó esconder a los niños bajo el coro, y uno de ellos le dio un culatazo sin decir palabra. No hablaban. Solo se movían. Como perros entrenados.

Tomás frunció el ceño y escupió al suelo.

—Maldito sea el traidor que les abrió la puerta. Por su culpa el diablo va a pasearse a sus anchas por estas tierras.

Miguel volvió a mirarla con la ansiedad prendida en sus ojos.

—¿Y… Isabel? ¿Dónde está?

La mujer cerró los ojos un instante y respiró hondo.

—La vi cerca del palacio, al principio del ataque. Estaba ayudando a los heridos, ya sabéis cómo es ella… Se quedó atrás con ellos. Yo tuve que ir al convento para refugiar a los críos. No la vi más.

El silencio cayó sobre el grupo como una losa. El rumor de las cigarras parecía ahora el canto de un mundo que se rompía sin estruendo.

—¿Y tú? ¿Cómo saliste? —preguntó Andrés con el ceño fruncido.

Isidora tardó unos segundos en contestar. Se le quebró la voz al hablar:

—El humo se metía por todos lados. Cerré la puerta de la sacristía y oí cómo venían. El suelo crujía, las paredes temblaban… Entonces recordé un pasadizo, una trampilla antigua que las hermanas usaban para bajar al archivo cuando había tormenta. Nunca pensé que serviría para escapar.

—¿Un pasadizo?

—Sí. Condujo hasta una cámara detrás de la iglesia. Me arrastré por él con el niño en brazos. Oscuro, lleno de polvo… y ratas. Cuando salí, estaba detrás del altar mayor, cubierto de humo. Desde allí, logré salir por la puerta lateral, la que da al camino del molino.

—¿Y no te vieron?

—Me escondí en los caños, cruzando de casa en casa hasta llegar a la fuente vieja. Solo pensaba en salir. Cada sombra me parecía un soldado.

Jesús sacó agua de su odre y se la acercó. Isidora bebió un sorbo y luego alzó la vista, con la mirada encendida.

—No sé cuántos habrán quedado dentro. Ni quién más logró huir. Pero si Isabel sigue allí, no podéis dejarla atrás.

Jesús se inclinó hacia Isidora.

—¿Puedes montar?

—Puedo intentarlo. Pero el zagal… —Miró al pequeño, que apenas podía sostener la cabeza.

—Dame al crío —dijo Andrés, ya desmontado—. Que suban a la carreta, bien merecen un descanso.

Con esfuerzo, ayudaron a Isidora a subir al carro, quien no soltó ni un instante al pequeño.

Miguel montó de nuevo con el corazón en llamas, mirando hacia el este, donde la silueta de Fuentes de Ebro se adivinaba lejana y quieta. Demasiado quieta.

—Si Isabel está allí, no la dejaremos atrás.

Y sin más palabras, espolearon a sus monturas y retomaron la marcha. El amanecer aún no despuntaba, pero la noche había dejado de ser refugio.

El alba empezaba a teñir de cobre los horizontes cuando llegaron a las afueras de Fuentes. La bruma del campo aún no se había disipado del todo, y entre los ribazos, los zarzales y las parideras de adobe medio derruidas, todo parecía suspendido en un silencio inquietante.

—¿Oís eso? —susurró Jesús, alzando una mano.

Un leve ruido de maderas quebrándose y voces extranjeras, risas roncas y mal contenidas llegaba desde una paridera algo apartada, medio oculta tras un campo de centeno recién segado. Miguel hizo una seña. Todos desmontaron en silencio.

Se acercaron agazapados, entre los brotes secos, hasta divisar la escena: tres soldados franceses, sucios, sin casacas, rebuscaban entre aperos y sacos de grano. Uno de ellos, con rostro afilado y una cicatriz en el cuello, sostenía en la mano una medalla arrancada. Otro bebía de una bota de vino robada, mientras el tercero, más joven, jugueteaba con unas figurillas de madera.

No tuvieron tiempo para reaccionar.

—¡Ahora! —rugió Andrés Urmeneta, y se lanzó con un bramido de toro.

En segundos, la escena se convirtió en un torbellino de acero, gritos y polvo. Tomás atravesó al más cercano con su puñal sin detener el paso. El que sostenía la medalla intentó disparar, pero Jesús se le echó encima como un lobo y, tras un forcejeo brutal, lo dejó tendido con el cuello abierto como un odre roto.

Solo el más joven logró levantar los brazos, temblando como un niño.

—¡*Pitié*! ¡*Pitié, messieurs*! ¡*Je parle*! ¡*Je parle*!

Miguel lo empujó contra la pared con tal fuerza que se oyó crujir el yeso viejo. Andrés se le acercó, aún jadeante, con la camisa manchada de sangre hasta los codos.

—Habla, gabacho, y reza que lo que digas valga tu pellejo.

—No… no disparéis —tartamudeó el francés—. ¡Fue el alcalde! Él… él nos vendió información. Y un vecino… uno del pueblo. Les pagaron con oro, oro español. Por eso sabíamos dónde atacar. Las defensas, los escondites, todo…

Miguel apretó los puños, sintiendo que el odio le subía por la garganta como hiel.

—¿Y el palacio? —Necesitaba saber qué había ocurrido en la última zona donde había sido vista Isabel.

—Base. Nuestra base. Allí está el capitán. Domina el pueblo. Murieron algunos, sí, pero luego el resto se rindió. Viven aún. Los heridos… los pusieron en una casa grande, cerca de la iglesia.

Jesús miró a Miguel con los ojos encendidos.

—¿Y ahora qué?

—Ahora, que cante su último rezo.

Andrés no esperó orden. De un tajo rápido y limpio cortó la garganta del francés. El cuerpo cayó de rodillas primero, luego de lado, como un saco de harina roto.

Miguel respiró hondo.

El amanecer ya estaba por completo sobre ellos. Las primeras campanas de la iglesia sonaban distantes, desacompasadas.

—Nos acercamos por el molino. Silencio absoluto. Primero vamos a por los heridos.

—Y luego —añadió Tomás, limpiando la hoja de su cuchillo en la chaqueta del enemigo muerto—, por el alcalde y ese malnacido vecino.

Los cuatro montaron de nuevo. Isidora, aún débil, se había quedado algo más atrás con el niño, protegida por dos de los hombres que los habían acompañado desde Quinto.

Mientras se acercaban a las primeras casas de Fuentes, Miguel no podía apartar de su mente una sola imagen: Isabel, sola en medio del caos. Ahora, iban a recuperar lo suyo. Con fuego, si era necesario.

IX

El sol comenzaba su descenso tras los cerros cuando el grupo de Miguel, extenuado por el calor y el polvo del camino, llegó al molino viejo de San Julián. Aquel edificio de piedra, añoso y firme como la memoria de los abuelos, se alzaba aún con dignidad junto al cauce bajo del río Ginel. Nada más cruzar el umbral, fueron recibidos con la mirada asustada y recelosa de varios vecinos del pueblo, entre ellos, pastores, mujeres con la falda remangada y un par de jóvenes con garrotes y hoces afiladas como cuchillas. La tensión se deshizo en cuanto uno de ellos reconoció a Miguel.

—¡Muchacho! —exclamó un anciano de manos temblorosas—. ¡Si eres tú, el hijo de Ventura!

Miguel apenas pudo responder, porque entonces la vio: Isabel. Estaba allí, apoyada en una viga, con un trapo atado a la frente y el vestido manchado de polvo y sangre seca. Magullada, sí, pero viva.

—¡Isabel! —Corrió hacia ella, el alma entera se le agitó en el pecho—. ¡Por el amor de Dios, estás viva!

Ella apenas sonrió —un gesto tenue como de quien ha visto demasiado— y se dejó abrazar sin decir palabra. Los demás apartaron la mirada por respeto.

—Creí que… que no lo habías logrado —musitó él, con los ojos al borde del llanto.

—No es tan fácil librarse de mí —dijo ella, y aunque la voz le temblaba, aún conservaba el filo de su carácter—. Me escondí en una de las bodegas cuando llegaron los dragones. Me golpearon un poco, pero pude salir airosa. También vi algo. Debí decirlo antes, pero creí que habría más tiempo. Todos enmudecieron. Se aclaró la garganta y miró a todos.

—Vi a Cándido con el alcalde… y con los franceses. No solo nos ha vendido —añadió—. Se ha sentado a la mesa con quienes mancillan nuestra tierra. ¿Sabéis lo que eso significa? Que ha comido con ellos. Que han brindado juntos mientras nosotros pasamos hambre.

Un murmullo de rabia recorrió el molino. Miguel se irguió, la mandíbula apretada.

Tomás, que hasta ese momento había escuchado en silencio, entrecerró los ojos y habló con voz firme.

—Entonces actuaremos esta misma noche. Si esperamos, traerán más soldados.

—No podemos enfrentarnos a ellos de frente, no somos un ejército. Pero tenemos algo que ellos no tienen: el terreno y el ingenio de la gente del pueblo. Esta noche, cuando la oscuridad caiga sobre el río, nos moveremos rápido y en silencio —señaló Miguel con vehemencia.

Trazaron el plan con palabras rápidas y decididas. Dividieron al grupo en tres frentes: uno rodearía la zona de los establos, otro cortaría el acceso a la calle mayor. Jesús, junto con los Urmeneta, se encargaría de prender fuego a un carro cerca del portón del palacio para crear confusión.

—Con el humo y el fuego, los guardias correrán hacia la entrada principal —explicó Jesús, señalando el mapa rudimentario que habían trazado sobre la mesa—. En ese instante, entraremos por la parte trasera, donde el muro caído da paso a las cocinas.

—Los pocos sirvientes que quedan huirán con el incendio —añadió Miguel—. Nos dejarán el paso libre. Y una vez dentro, encontraremos a Cándido, Abadía y a los franceses.

Cuando todo estuvo dispuesto, aguardaron a que el sol se ocultara tras los olivos. Algunos bajaron al Ginel a refrescarse y mojarse el rostro. El aire era denso de verano, cigarras y esperanza.

Miguel e Isabel se apartaron río arriba. El agua murmuraba en la quietud del atardecer, reflejando un cielo que aún ardía con los últimos tonos naranjas y violetas. Se sentaron en una piedra lisa, de esas que parecen haber sido hechas para esperar.

Miguel miró sus manos, aún manchadas de tierra y sangre seca. Isabel, con el trapo atado a la frente y el vestido rasgado, parecía una sombra de lo que recordaba, pero seguía siendo ella. La misma mirada firme. La misma manera de contener el dolor sin dejar que le quebrara la voz.

—¿Temes esta noche? —preguntó él, con un tono apenas audible.

—Mucho —respondió ella sin titubeos—. Pero más temo no hacer nada. Si no luchamos, ¿qué nos queda?

Él asintió, sin apartar los ojos del río. Isabel se inclinó apenas, buscando su mirada.

—¿Y tú? ¿Qué temes?

Miguel exhaló, apoyando los codos en las rodillas. No era solo el enfrentamiento. No era solo la posibilidad de que el sol de mañana no los viera despertar. Era el tiempo perdido, la distancia que la guerra había creado entre lo que eran y lo que podrían haber sido.

—Temo que esta sea la última vez que hablamos. Que no haya más noches como esta. Que el mañana no nos tenga sitio.

Isabel le tomó la mano, sus dedos callosos encontrando los suyos con una suavidad inesperada. Pero su mirada, por un instante, se perdió en el reflejo oscuro del agua.

—Estaba junto a la tapia, cerca de la fuente del palacio —dijo—. Había varios heridos, y yo llevaba vendas, algo de aguardiente, mis tijeras… Me agachaba para cortar la ropa de uno cuando los oí.Voces en francés. Gritos. Pasos pesados.

Miguel giró lentamente la cabeza hacia ella. Isabel apretó su mano, como si le hablara también al río.

—Me vieron.Tres de ellos. Uno dijo algo que no entendí, pero su mirada hablaba claro. Me echaron mano. Me tiraron al suelo. Me golpeé la cara, creo que con una raíz. Intenté gritar, pero uno me cubrió la boca. —Hizo una pausa. No temblaba, no lloraba, pero la tensión en su voz era la de quien ha cruzado un umbral del que ya no se vuelve—. Entonces apareció él: el Mudo. Saltó desde detrás de una higuera. No sé cómo supo que estaba allí. No dudó ni un segundo. Se lanzó con el chuzo como si llevara toda su vida esperando ese momento.

—¿Y tú? —susurró Miguel.

—Yo… —dijo Isabel, bajando la vista—.Yo ya tenía las tijeras en la mano. Las clavé. En el cuello, creo. Sentí la sangre caliente. Me solté, rodé por el suelo y encontré una piedra. Golpeé al segundo, una y otra vez, hasta que dejó de moverse. El Mudo acabó con el tercero. Silencio.

—Después nos escondimos entre unos matorrales detrás del muro viejo. Esperamos a que pasaran las tropas. No sé cuánto tiempo estuvimos ahí. Luego bajamos por la senda del molino, sin mirar atrás.

—¿Estás herida?

—No más de lo que se puede ver —respondió ella, con una mueca entre la tristeza y el orgullo—. Pero algo en mí cambió, Miguel. No me reconocí. No sé si fue miedo o rabia... Solo sé que quería vivir y llegar hasta ti.

Miguel le acarició el rostro con los dedos temblorosos, como si la presencia de ella bastara para reconciliarlo con el mundo.

—Todavía podemos ser algo, Isabel. Aunque no dure. Aunque solo sea una noche.

Se miraron entonces y en sus ojos no solo había miedo: había ternura, había deseo, había una promesa que no necesitaba palabras.

—Siempre dijiste que el amor era cosa de tiempos de paz —murmuró él.

—Y tú decías que la paz se construye —respondió ella, con un destello de convicción en la voz—. Quizá empecemos esta noche.

La campana del molino dio dos toques secos: la señal. Miguel se puso de pie, pero, antes de partir, la besó con la urgencia de quien no tiene promesas, solo el instante. Isabel cerró los ojos, dejando que ese momento la salvara del mundo.

X

El fuego estalló con un rugido áspero, como un animal despertando. Las llamas lamieron el costado del carro de paja y, en segundos, el humo comenzó a trepar por los balcones, tiñendo el aire de un gris denso que lo cubría todo. Los franceses gritaron órdenes en su idioma incomprensible. Algunos corrieron hacia el portón del palacio, otros intentaban apagar las llamas a manotazos inútiles. El caos había empezado.

En la calle Mayor, el sonido de los cascos de los caballos se mezclaba con los alaridos. Isabel se agachó tras un pilar de piedra, con una alforja de vendajes colgando de su hombro y las tijeras firmes en la mano. A su lado, Isidora protegía con el cuerpo a tres niños, empujándolos hacia el zaguán de una casa abandonada.

—¡No salgas hasta que te lo diga! —le susurró Isabel, con la respiración entrecortada.

Un soldado francés apareció desde la esquina, sable en mano, jadeando, y con los ojos desorbitados por la humareda. La vio. Fue solo un segundo. Corrió hacia ella. Isabel no pensó. Le lanzó la alforja a la cara y, en el mismo movimiento, se arrojó contra él. La hoja de las tijeras se clavó en su pecho con un ruido seco y asqueroso. El soldado se tambaleó, intentó hablar, pero solo escupió sangre. Cayó sobre el suelo, retorciéndose.

Otro francés, más joven, alzó el mosquete hacia Isabel. No llegó a disparar. El Mudo, con el rostro tiznado y los ojos desbordados de furia, le hundió un chuzo en el costado. No fue un golpe limpio; hubo que empujar con todo el cuerpo. El soldado cayó con un grito agudo, que se apagó cuando el Mudo le aplastó la cabeza con una piedra del suelo.

La sangre corrió por la calle como si lloviese hierro líquido.

—¡Isidora! ¡Ahora! —gritó Isabel, temblando, pero firme.

Isidora salió del portal, sujetando a los niños de las manos. Uno de ellos lloraba en silencio. Corrieron entre los soportales, cruzando la calle envuelta en humo y esquivando cuerpos y brasas encendidas.

Desde el otro extremo, un grupo de campesinos apareció, armados con horcas, hoces y alguna herramienta oxidada. Gritaban, no por valentía, sino para ahogar el miedo. Atacaron a un pelotón de franceses que salía del callejón. El choque fue brutal.

Uno de los aldeanos cayó de inmediato, atravesado por una bayoneta. Otro golpeó con una azada el cuello de un soldado, arrancándole un alarido desgarrador. Se peleaba cuerpo a cuerpo, a patadas, a dentelladas, como animales.

Isabel se agachó junto al cuerpo del primer francés que había matado, tomó su sable, aún caliente, y se giró buscando al mudo. Él asintió. Ya no había tiempo para palabras. Solo quedaba la furia.

El humo se espesaba, volviéndolo todo irreal, como si el pueblo entero hubiese sido tragado por un sueño incendiado.

Gritos. Cuerpos. El estruendo de los cascos y el metal. La calle era una herida abierta.

Isabel corría con los niños, empujando a Isidora por los soportales. El Mudo iba detrás, cubriéndolos con el chuzo ensangrentado en alto. Atravesaron la plaza de la fuente, donde varios cuerpos yacían en posturas rotas. Al doblar una esquina, pensó que lo habían logrado. El sendero hacia el molino estaba a unos metros. Más allá, el campo abierto y la salvación.

Pero entonces lo vio: Cándido.

Estaba allí, cubierto con una chaqueta francesa mal abrochada, como quien se disfraza de lo que es. Llevaba un cuchillo en la mano y una sonrisa sucia en la boca.

—Isabel… —musitó, deteniéndose al verla.

Ella también se detuvo. El Mudo avanzó, pero Cándido fue más rápido. Le lanzó una patada al estómago que lo tiró contra la pared. Los niños gritaron.

—Siempre tan valiente, ¿eh? —escupió Cándido, acercándose a Isabel.

Ella alzó el sable que había tomado, temblando. Pero era tarde. Él se lo desvió con facilidad y, con un movimiento rápido, le clavó el cuchillo entre las costillas. Muy hondo. Demasiado hondo.

—Para que aprendas a no meter las narices —susurró, casi con dulzura podrida.

Isabel cayó de rodillas. Cándido se perdió entre el humo antes de que el Mudo pudiera levantarse. Isidora corrió hacia Isabel, pero ella negó con la cabeza.

—Llévalos… ahora. No mires atrás.

El Mudo, con los ojos llenos de rabia y lágrimas, tomó a los niños. Isidora vaciló un segundo. Luego obedeció y corrió hacia los campos.

Isabel apretó los dientes, sujetándose el costado. Cada paso era fuego. Se apoyó en los muros, arrastrando los pies. Tenía que encontrarlo. Tenía que ver a Miguel, aunque solo fuera una vez más.

★★★★★

Miguel, cubierto de ceniza y sudor, combatía junto a los hermanos Urmeneta en la parte trasera del palacio. Desde la grieta en el muro, arrojaban piedras, embestían con chuzos y gritaban como salvajes. Habían derribado la puerta de las cocinas y ahora luchaban entre calderas humeantes y muebles volcados. Entonces la vio.

Una figura tambaleante que emergía entre el humo, arrastrando una pierna, con la mano apretada contra el costado manchado de rojo. El cabello revuelto. El rostro pálido. Isabel.

—¡Isabel! —gritó, dejando el chuzo caer.

Corrió hacia ella, sorteando cuerpos e ignorando los gritos. La atrapó antes de que cayera.

—Miguel… —susurró ella, con la voz apenas en un hilo.

—No, no, no —jadeó él, arrodillándose y sosteniéndola con las dos manos—. Quédate conmigo. Ya está. Vas a ponerte bien.

Ella lo miró, sonrió apenas. Le acarició la mejilla con los dedos manchados.

—No hay tiempo, Miguel… Me alcanzó. Fue Cándido.

Los ojos de Miguel se encendieron como carbones. Se quedó inmóvil unos segundos, y luego el temblor lo recorrió entero.

—Te juro… que lo voy a encontrar.

—Lo sé —susurró ella, apenas audiblemente—. Pero no olvides… quién eres.

Miguel se inclinó y la besó en la frente. Cuando se separó, los ojos de Isabel ya miraban al cielo, sin verlo. Se levantó despacio y cogió el sable de ella del suelo, con el mango aún caliente por su mano.

—Urmeneta —dijo con una voz ronca—, seguid sin mí.

—¿Dónde vas? —preguntó uno de los hermanos.

—A matar a un traidor.

Y sin mirar atrás, Miguel desapareció entre el humo con un puñal al cinto, sable en mano y la mirada de un hombre que ya no teme a la muerte, porque ha perdido todo lo que amaba.

Miguel avanzaba como una sombra entre el humo y la sangre. Ya no gritaba, ya no pensaba. Solo respiraba con fuerza, apretando el mango del sable, los ojos encendidos, el corazón hecho un tambor de guerra. A cada paso que daba, caía un francés.

En la calle del mercado, uno intentó rendirse, levantando las manos. Miguel le atravesó el pecho sin detenerse. En la esquina del campanario, otros dos dispararon al aire, fallando. Se lanzó sobre ellos como un toro, hundiendo el sable en la garganta de uno, mientras con el puño derribaba al otro. El rostro le chorreaba sangre ajena, las manos le temblaban de rabia, pero no paraba. No podía.

La taberna apareció entre la neblina rojiza, como un recuerdo quemado. Y entonces lo vio.

Cándido salía por la puerta lateral con una alforja al hombro y un sombrero bajo el brazo. Miraba en todas direcciones, nervioso, intentando alcanzar el camino de las huertas. Un caballo esperaba atado a un poste.

—¡Cándido! —rugió Miguel, como un trueno que desgarra el cielo.

Cándido se detuvo, se giró despacio y sonrió, ladeando la cabeza, como si todo aquello fuese un juego.

—Vaya… —dijo, sin moverse—. Has llegado antes de lo que esperaba.

—Tú la mataste —escupió Miguel, avanzando—. A Isabel. Tu sangre infesta la tierra de este pueblo, ¡malnacido!

—Isabel eligió su bando —replicó Cándido, con frialdad—. Y tú eliges el tuyo. Pero dime, Miguel, ¿para qué sirve tanto heroísmo de aldeano? ¿Crees que esto cambiará algo? España está muerta, aunque no queráis verlo.

—¡España no es tuya, cobarde! —gritó Miguel—. Y este pueblo no es tuyo. Ni tus palabras van a salvarte. No hay justicia para ti, solo muerte.

—Mira a tu alrededor —continuó Cándido, señalando el humo—. Muerte es lo único que tenéis. Los franceses traen orden, progreso, leyes… Vosotros, barro y superstición.

—Traes muerte a cambio de promesas vacías —gruñó Miguel—. Y traicionaste a los tuyos por una silla más cómoda. ¿Cuánto te pagaron?

Cándido no respondió. En cambio, lanzó la alforja al suelo y desenvainó un puñal corto, reluciente.

—Ven, entonces. Si tanto te duele tu mujercita, ven a morir por ella como un perro.

Miguel se abalanzó sobre él con un rugido. Se lanzaron al suelo entre gritos y golpes, rodando entre piedras ensangrentadas y escombros. Los filos de los puñales centellearon. Miguel sintió el filo cortar su costado, pero no se detuvo. Apretó el puño y lo hundió en la cara de Cándido una y otra vez. El otro forcejeaba, pataleaba, mordía.

Cándido logró clavarle el puñal en el muslo, pero Miguel, furioso, lo apartó de un manotazo, le propinó un puñetazo y le hundió el codo en la garganta. Ambos jadeaban como bestias heridas. Entonces Miguel le arrancó el arma de las manos y la arrojó lejos, abalanzándose sobre él con las manos al cuello.

—Por Isabel… por cada uno de los que mataste…

Cándido intentó gritar, pero solo salió un gorgoteo. Miguel apretaba cada vez más. El rostro de Cándido enrojecía. Luego se tornó amoratado. Sus ojos se abrían como platos. Su lengua colgaba torcida.

—¡Por todo lo que hiciste!

Y apretó, hasta que el cuerpo dejó de moverse.

Miguel se quedó allí, temblando, con las manos aún aferradas al cuello muerto. El cuerpo de Cándido inerte bajo él. De pronto, el mundo pareció callarse. Solo se oía su respiración, entrecortada, y el zumbido grave del fuego en la distancia. Se incorporó despacio. Miró el cadáver. No sintió alivio. Solo vacío y sangre. Demasiada sangre. El pueblo aún ardía, pero el traidor ya no respiraba.

Miguel dejó el cuerpo inerte de Cándido a los pies de la taberna. Su pecho subía y bajaba con violencia, cubierto de sangre ajena y propia, jadeando como una bestia tras la caza. La rabia seguía ahí, palpitando bajo su piel, pero ya no tenía donde volcarla. El mundo, de repente, parecía demasiado silencioso.

Regresó por las callejas, tropezando con piedras, cruzando portales donde aún humeaban restos del combate. No miraba los cuerpos, ni a los heridos que gemían desde las sombras. Solo avanzaba, con la mirada fija, las manos temblorosas y una palabra grabada a fuego en la garganta: Isabel.

Cerca del colmado, entre humo y muros derruidos, lo interceptaron Tomás, Jesús y otros tres que habían logrado escapar, con los rostros tiznados por el humo y los ojos abiertos por el espanto.

—¡Miguel! ¡Detente, coño! —gritó Tomás, corriendo hacia él.

—Tenemos que volver —dijo Miguel con voz ronca—. Hay que seguir. No he acabado. ¡Aún hay franceses!

Jesús lo sostuvo por los hombros, mirándolo a los ojos con fuerza.

—¡Ya está! ¡Nos han destrozado! Han matado a muchos… Los Berdusán han caído; Marcelino el rodenero, también. No queda nadie en pie. ¡Tenemos que huir!

—¡No! —rugió Miguel, sacudiéndose—. ¡Voy a quemarlos a todos! ¡A cada uno de esos hijos de puta! ¡Por Isabel, por todos!

Tomás se adelantó, lo agarró por la espalda y, junto a Jesús, lo retuvieron con fuerza. Miguel forcejeó como un toro furioso, maldiciendo, gritando y llorando con una rabia que no podía contener.

—¡Dejadme! ¡No voy a dejar que esto quede así! ¡Quiero su sangre!

—Y la tendrás —le susurró Jesús, jadeando—. Pero no hoy. Hoy sobrevivimos. Hoy nos replegamos… ¡o morimos todos!

Finalmente, el peso del cansancio, del dolor, del alma quebrada, lo fue doblando. Miguel se dejó caer de rodillas, sollozando con el rostro contra la tierra.

—Se ha ido… Isabel se ha ido… —murmuró.

Jesús y Tomás no dijeron nada. Solo lo levantaron entre ambos, lo echaron al hombro como a un hermano caído y lo arrastraron con ellos, entre los olivares y los campos ennegrecidos, hacia los montes.

La noche los envolvió. Detrás quedaban las llamas, los muertos y un pueblo tomado. Delante, los montes y la promesa de resistir.

XI

El sol caía lentamente tras los montes, tiñendo de ámbar los peñascos del Cabezo. Una brisa tibia, cargada del olor seco de la tierra removida y del sudor de los que aún respiraban, cruzaba las ramas ralas de las aliagas. Miguel permanecía en silencio, apoyado contra una roca. Tenía las manos sucias de sangre ajena y los ojos secos de tanto mirar al vacío. No hablaba. No lloraba. Solo escuchaba cómo zumbaban los insectos y cómo se apagaban los gritos en su memoria.

A unos pasos de él, Andrés vendaba a un muchacho con un brazo dislocado, mientras Tomás repartía pan duro y agua entre los más jóvenes. Jesús, de rodillas junto a un arbusto, escarbaba con las uñas una pequeña zanja donde habían dejado descansar a uno de los heridos que no sobrevivió la subida.

El crujido de ramas alertó a todos. Las manos se cerraron con rapidez en torno a los cuchillos y escopetas, pero la figura que emergió de entre los arbustos no era un soldado enemigo.

—¡Quietos! —dijo una voz infantil, entrecortada—. ¡Soy yo, Juanica!

Una niña pecosa, con las trenzas torcidas y la ropa tiznada de hollín, apareció temblando, con los ojos grandes y húmedos como dos charcos.

Miguel no se movió al principio. Fue Jesús quien dio un paso al frente y la recibió en brazos.

—¿Juanica? ¿Qué haces aquí, criatura?

—Me envía mi madre... Isidora —dijo la niña, con voz temblorosa—. Tenía que encontraros. Os traigo tortas y un poco de vino, no es mucho.

Miguel se giró lentamente, como si su cuerpo pesara el doble. Cuando la miró, su rostro no mostró alivio ni sorpresa. Solo un estremecimiento breve, casi invisible.

—¿Y tu madre? ¿Está bien? —preguntó Tomás, arrodillándose junto a ella y cogiendo el hato que traía consigo.

Juanica asintió, aunque las lágrimas ya se deslizaban por sus mejillas sucias.

—Dice que... que los franceses han dado una tregua. Han dejado que la gente recoja a los muertos del pueblo. —Bajó la mirada—. Han enterrado a los caídos y...

La niña buscó a Miguel con los ojos. Caminó despacio hacia él, como si intuyera que algo importante debía entregarle. De uno de los bolsillos de su falda sacó una pequeña medalla de plata, ennegrecida por el humo. La sostuvo en el aire temblorosamente.

—Esto... esto era de Isabel. Mi madre se la recogió al ayudar en el cementerio. Está enterrada junto a la tapia, donde crece la higuera vieja.

Miguel no dijo nada. Tomó la medalla con los dedos temblorosos, como si temiera que se deshiciera entre sus manos. Era la de San Lorenzo, la que Isabel llevaba siempre al cuello, aquella que decía que la protegía desde niña. La giró entre los dedos. En el reverso, aún podía leerse el nombre grabado con letras gastadas: «Isabel S.». Su mundo, ya desmoronado, se hundió otro palmo más.

Miguel se apartó sin una palabra y subió solo hasta la loma del Cabezo. El viento le revolvía el cabello y le secaba el sudor frío de la nuca, pero él no lo notaba. Desde allí, el pueblo parecía dormido bajo un velo de ceniza, como si todo lo que amaba hubiera quedado sepultado entre los tejados. Se sentó en el suelo, no para rezar, sino para recordar. Cerró los ojos y la vio. No con miedo, ni entre gritos. La vio como fue en el último instante: firme, hermosa, incluso herida, mirándolo sin reproche, con la frente apoyada en su pecho y las manos entrelazadas a las suyas. Había muerto sabiéndose amada, y eso, aunque le dolía, también lo sostenía.

Sacó la medalla de San Lorenzo del bolsillo, ennegrecida y rota, por un lado. La colgó de su cuello con dedos torpes y, por un momento, creyó sentir el peso de ella, de Isabel, aún cerca. No prometió venganza. No gritó amenazas al viento. Lo único que se juró, en voz apenas audible, fue no permitir que su muerte fuese en vano.

Cuando bajó de la loma, el rostro seguía marcado por la pena, pero su mirada tenía otra luz. Una que no se apaga fácil.

—No se ha acabado —dijo simplemente—. Y no se acabará hasta que ellos se vayan… o hasta que no quede nadie que recuerde lo que hicieron. —Y aunque no levantó la voz, todos lo oyeron, porque en sus palabras ya no hablaba un hombre que luchaba por vivir. Hablaba un hombre que había aprendido a morir de pie.

★★★★★

La noche cayó densa, sin luna, como un telón de duelo que cubría el monte y al pueblo adormecido en la pena. Miguel permanecía junto al fuego, sin probar bocado, con la mirada clavada en las brasas. La medalla de San Lorenzo colgaba sobre su pecho como una sentencia. Nadie se atrevía a romper el silencio.

Fue Juanica quien, acurrucada entre dos mantas, a pesar del calor, volvió a hablar:

—Mi madre dijo que ha habido calma todo el día, pero que el pueblo huele a miedo. Que los franceses patrullan en parejas y han clavado un bando en la plaza: el que desobedezca será colgado sin juicio. Y el alcalde... se ha encerrado en su casa, como un topo.

Jesús escupió con desprecio al suelo.

—¿Y qué esperabas? Ya sabíamos que vendió su alma a cambio de no perder su piel. Igual que Cándido. Ese par de ratas se arrastran por debajo de las piedras, pero no se atreven a mirar a la cara a su gente.

Miguel no respondió. Apretó la medalla en su mano cerrada. Sentía el filo de sus bordes contra la piel, como si así pudiera mantenerse presente, despierto, aferrado a lo único que aún le ardía en el pecho. Porque Isabel no había muerto sola. No. Había caído en sus brazos, con la sangre tibia aún latiendo bajo sus dedos. Con los ojos fijos en él, hasta el último aliento.

«Te encontré, Miguel, y ya no me asusta morir», le había susurrado, antes de dejarse ir.

Eso era lo que no podía olvidar. Ni perdonarse.

Se puso en pie sin decir palabra. Los demás lo siguieron con la mirada, como si esperaran una señal.

—Esta noche no atacamos —dijo, al fin, con la voz baja, firme—. Pero tampoco nos quedamos cruzados de brazos. Entraremos al pueblo en grupos pequeños. Vamos a traer de vuelta a los que se esconden, a los que esperan que alguien les diga que no todo está perdido, que aún queda coraje.

—¿Y luego? —preguntó Andrés, cruzándose de brazos.

—Luego… ya no habrá tregua. No vamos a vivir escondidos mientras esos bastardos duermen en nuestras camas y brindan con nuestro vino. Cuando nos toque pelear, no será por estrategia ni por tierra. Será por memoria. Por los nuestros. Por ella.

Nadie dijo nada. No hacía falta. Uno a uno, los hombres asintieron. Algunos se persignaron. Otros afilaron el acero en silencio. Ya no eran vecinos, ni jornaleros, ni pastores. Esa noche, bajo el cielo aragonés, solo eran hombres sin miedo. Y la guerra —esa guerra de la que nadie sale intacto— aún no había visto lo peor de ellos.

XII

Miguel ajustó la correa de su zurrón y miró a Tomás, que ya tenía preparado el trabuco corto envuelto en arpillera. La luna menguante apenas iluminaba el camino de piedra suelta que bajaba del Cabezo hacia Fuentes. A su lado, Juanica se frotaba los ojos, despierta, pero agotada.

—¿Estás segura de poder andar? —le susurró Miguel, agachándose a su altura.

—Sí —asintió ella con un hilo de voz—. Quiero ver a mi madre.

Tomás la cargó con cuidado a su espalda, envolviéndola con su manta como si fuera su propia hermana pequeña.

—Venga, valiente —murmuró—. En silencio, como los gatos.

Y comenzaron el descenso.

Las zarzas se enredaban a los tobillos y las ramas crujían más de lo que quisieran, pero Miguel conocía cada roca, cada bancal, cada rincón que ofreciera sombra. Cuando llegaron al primer ribazo, vieron el perfil del pueblo como una silueta agazapada: ventanas apagadas, calles en penumbra, el campanario recortado contra el cielo. Todo parecía dormido... o resignado.

Entraron por el corral del tío Braulio, donde la tapia estaba más baja. Allí dejaron a Juanica, que bajó de la espalda de Tomás con torpeza.

—Ve derecha a casa. Golpea tres veces y luego una, como te enseñó tu madre. Si no abre, te escondes en el caño del horno. ¿Entendido?

La niña asintió. Miguel le besó la frente, como lo haría un hermano mayor.

—Dile que necesitamos saber si llegan cartas, recados, forasteros. Y si el alcalde mueve un dedo. Todo.

Juanica echó a correr sin mirar atrás. El silencio la tragó. Miguel se volvió a Tomás.

—Vamos por la calle de la fuente. Allí vive el Mudo.

El Mudo, llamado así por costumbre más que por crueldad, era un hombre corpulento de mirada clara y alma quebrada. Había estado en la refriega aquella noche. Había visto caer a Isabel y no pudo impedirlo. Desde entonces, no salía del cobertizo junto al pozo.

Cuando abrió la puerta y los vio, no hizo falta que preguntara. Reconoció la medalla que colgaba del cuello de Miguel. Bajó la vista, tembloroso.

Miguel se acercó y, sin una palabra, le tendió una mano.

El Mudo la aceptó con torpeza y luego asintió con fuerza. Fue dentro y volvió con una barra de hierro afilada, una bolsa de pan duro y una navaja envuelta en tela.

—Está listo —susurró Tomás con una sombra de admiración.

Después fueron a por don Hipólito, el viejo boticario, y a por las hermanas Argueta, que habían escondido a media docena de heridos en su bodega. No todos aceptaron irse, pero varios lo hicieron en silencio, como si solo necesitaran una mirada para decidir.

En la casa de Isidora, Juanica ya estaba dormida en el regazo de su madre. La mujer los esperaba con una lámpara apagada en la mano y un cuchillo de cocina metido en el cinturón.

—Voy con vosotros —dijo, sin rodeos—. Sé moverme. No tengo miedo.

Miguel la miró con respeto.

—Justo por eso te necesitamos aquí. Eres los ojos que no tendremos. Nadie como tú para enterarse de qué se cuece.

—¿Me pedís que me quede escondida?

—Te pedimos que nos ayudes a golpear donde más les duele. Si vamos a quedarnos en los montes, necesitaremos saber qué camino toman los convoyes, cuándo salen los mensajeros, por dónde se cuelan los carros de pólvora…

Isidora cerró los ojos un instante. Luego asintió. Sabía que no era cobardía. Era estrategia.

—Volveré al horno grande con la Palmira. Ella oye todo, aunque no lo parezca. Si hay novedades, lo dejaré marcado en la tapia del molino. Tres piedras rectas; una cruzada, si es urgente.

—Perfecto —dijo Tomás, ya cargando al Mudo con una bolsa—. Somos pocos, pero listos.

Antes de irse, Isidora se acercó a Miguel y le colocó una ramita de ontina en la solapa.

—Para cuando vuelvas a oler algo que no sea muerte —dijo, sin mirarlo.

Salieron del pueblo sin ser vistos. Con ellos iban nueve. No soldados, sino vecinos con el alma en carne viva y los pies curtidos de tierra. El Mudo cargaba con uno de los críos heridos a la espalda.

Detrás de ellos, Fuentes seguía bajo las sombras de la ocupación. Pero esa noche, por primera vez desde que todo empezó, el monte volvió a latir. Y, con él, la resistencia.

XIII

Los días en el monte dejaron de medirse por el sol y la luna. Comenzaron a contarse por lo que se aprendía, por cada herida que cicatrizaba, por cada nuevo voluntario que trepaba entre los romeros para decir, simplemente: «Vengo a ayudar». Las ramas secas que antes crujían con amenaza ahora servían para encender fuegos camuflados entre rocas. Las cuevas usadas por pastores se convirtieron en cobijos, y los muladares abandonados, en puestos de vigilancia. De la nada, se estaba gestando algo que parecía imposible: un ejército campesino, silencioso y feroz, nacido del dolor.

Miguel no lo buscó, pero se convirtió en su líder. Fue natural. Todos lo miraban cuando había que decidir si moverse o esperar, si callar o atacar. Tenía la voz grave, los ojos firmes y el peso de la pérdida colgado del cuello en forma de medalla. No necesitaba levantar la voz. Bastaba con que hablara.

Jesús, siempre con el ceño fruncido y la mula a mano, se encargó de los víveres y la logística. Sabía cuántas botas había, cuántos cartuchos quedaban, cuánta harina hacía falta para aguantar tres días sin bajar al valle.

Andrés y Tomás Urmeneta se dividieron las tareas de entrenamiento. Con una cuerda marcaban líneas imaginarias y hacían a los mozos tumbarse entre piedras, apuntar, avanzar, esconderse, cargar. No sabían de manuales, pero sí de instinto.

De moverse con el viento, de no pisar ramas, de reconocer un bando enemigo por la forma en que olía la pólvora.

—Aquí no vamos a hacer desfiles ni a marchar al paso —decía Andrés, con un palillo entre los dientes—. Pero sabréis matar y no morir.

El Mudo, silencioso pero constante, era el primero en levantarse y el último en acostarse. Fabricaba lanzas con mangos de azadón, reparaba escopetas viejas y enseñaba a usar hondas a los zagales más pequeños. A veces se le veía tallar en madera una figura femenina, con los labios dibujados en media sonrisa. Nadie le preguntaba, pero todos sabían que era para Isabel.

Cada mañana, un par de hombres bajaban hasta el molino, donde Isidora dejaba marcas con piedras o ramitas según el código que ella misma ideó. A veces traían solo noticias. Otras, pan, vendas, incluso pólvora robada de un convoy despistado. Isidora se movía como una sombra entre los vivos del pueblo. Y aunque algunos empezaron a sospechar de su libertad, nadie se atrevía a delatarla.

Porque ya no era solo Fuentes. Desde Quinto, Pina, Osera, incluso algunos de Villamayor, comenzaban a llegar muchachos con las manos encallecidas y una historia a medio contar. Isidora había hecho correr la voz de que en el Cabezo había esperanza. Y la esperanza, en esos tiempos, valía más que un fusil.

Una tarde, al atardecer, Miguel reunió al grupo bajo una sabina vieja. Ya eran más de treinta. Unos con armas, otros solo con piedras y decisión.

—No somos soldados —dijo de pie sobre una roca—.Y no quiero que lo seamos.

Nosotros no marchamos por órdenes, sino por lo que nos han quitado. Nos arrancaron la paz. Nos arrebataron a los nuestros. Pero no nos han vencido.

Se hizo un silencio denso.

—No vamos a pelear por banderas.Vamos a pelear por los tejados que nos vieron nacer. Por las voces que ya no suenan en las plazas. Por las manos que trabajaron la tierra antes que nosotros.Y lo vamos a hacer sin miedo, porque el que ha perdido lo que ama ya no tiene nada que temer.

Un murmullo de asentimiento recorrió el grupo. No hubo vítores, solo una gravedad silenciosa, como la de un juramento.

Desde entonces, los montes dejaron de ser escondite y se convirtieron en trincheras.

★★★★★

Las jornadas en el monte comenzaron a adquirir ritmo, casi como una coreografía. Al amanecer, Miguel recorría los puestos de vigilancia, saludaba con un gesto a cada uno de los hombres apostados entre zarzales, revisaba las señales de humo en el horizonte. Jesús organizaba los turnos para moler grano con una piedra plana, vigilar la mula y contar, por tercera vez en la semana, cuántas balas quedaban. Eran veintisiete. Nada más.

El grupo, aunque improvisado, comenzaba a entenderse, a moverse con un lenguaje propio. Algunos lo llamaban «la cuadrilla»; otros simplemente «los de arriba».

Entre los recién llegados había dos hermanos de Pina, de unos veinte años, con más hambre que fuerza, pero con buena puntería y oído fino. También llegó un viejo de Villafranca, al que apodaron el Obispo por su voz de trueno y su costumbre de recitar salmos antes de limpiar sus navajas cada tarde.

Las noches, en cambio, eran otra cosa. Cuando las estrellas cubrían el monte y el miedo ya no tenía adonde huir, algunos hablaban. No de estrategias. De recuerdos.

Tomás, afilando su cuchillo, contó una vez cómo su padre desapareció en la guerra del Rosellón. Andrés se limitaba a escuchar. El Mudo tallaba figuras en silencio, una distinta cada noche: un gallo, una mujer, un rostro sin boca… Miguel, desde un extremo del campamento, repasaba nombres en su cabeza. Los que habían caído. Los que aún quedaban por proteger.

Aquel clima de unidad tenía, sin embargo, sus grietas. Una tarde, uno de los nuevos, un mozo al que llamaban Galchofa por su pelo, cuestionó a Miguel delante de todos.

—¿Por qué esperar tanto? —dijo con los brazos cruzados—. ¡Sabemos por dónde pasa la comida de los gabachos! ¡Si vamos hoy, pillamos el carro y se acabó!

Miguel se acercó, tranquilo, pero con la mirada dura.

—¿Tú sabes cuántos hombres custodian ese convoy?

—¿Y qué? ¡Somos más de treinta!

—¿Y cuántos saben disparar sin temblar? ¿Cuántos no saldrían corriendo al primer cañonazo? —Guardó silencio un segundo—. No vamos a morir por impaciencia.

Jesús intervino, zanjando la tensión:

—Si algo hemos aprendido es que cuando se lucha con odio, se pierde el juicio. Aquí se lucha con cabeza. Y con causa. Galchofa agachó la cabeza. Al día siguiente, pidió vigilar el sendero más alejado.

★★★★★

Fue esa misma noche cuando volvió el Mudo con una hoja arrugada en la mano: un mensaje dejado por Isidora en el molino. Tres piedras rectas, una cruzada.

Miguel la leyó en voz baja, al abrigo de una roca.

—«Pasarán dos carros desde Zaragoza, cargados con grano, pólvora y dos mensajeros. Irán sin escolta hasta la bifurcación de la torre vieja. Los esperan en el campo de almendros. Llegan pasado mañana al alba».

La tensión se extendió como una corriente.

—Es nuestra primera oportunidad —dijo Tomás, afilando con más rabia—. Si tomamos ese grano, alimentamos al monte un mes. Y si caen esos mensajeros, se les rompen las cartas.

Andrés miró a Miguel.

—¿Lo haremos?

Miguel dobló el papel con cuidado. Luego miró al cielo. Estaba negro y quieto.

—Mañana entrenamos al doble. Los que nunca han disparado aprenderán. Los que no sepan moverse en silencio correrán hasta que no hagan ni un ruido. No podemos permitirnos errores.

Jesús se ajustó el cinto con gesto resuelto.

—Entonces ha empezado.

—No —corrigió Miguel, colgándose la escopeta al hombro—. Empezó cuando Isabel murió. Esto... es la respuesta.

XIV

El amanecer rompía el horizonte con un resplandor pálido y frío. Aún no cantaban los gallos ni despertaban los grillos. Solo el silencio, tenso como un tambor sin golpear, cubría el campo de almendros donde Miguel y los suyos aguardaban.

El terreno era perfecto: los árboles, ya crecidos, daban cobertura desde ambos flancos del camino. A ambos lados de la vereda polvorienta, los hombres se habían apostado entre las raíces y las zarzas. No hablaban. Solo respiraban despacio, con el oído afinado y los ojos abiertos como cuchillas.

Desde una roca baja en mitad de un matorral, Miguel comprobaba por tercera vez el mecanismo de su escopeta. A su izquierda, Jesús mascaba un palo de regaliz. A su derecha, el Obispo rezaba entre dientes, con las manos apoyadas sobre el cañón de su trabuco largo. Su voz ronca no era más fuerte que el viento, pero en ese instante parecía un conjuro.

—«*Ad Dominum cum tribularer clamavi…*».

Miguel le tocó el hombro. El viejo asintió, se santiguó sin ceremonia y miró al frente.

Tomás y Andrés, con otros cinco hombres, estaban ya entre los árboles del lado norte. Habían cavado una zanja estrecha, cubierta con ramas, para atrapar la rueda del primer carro. Galchofa, el más joven, portaba una honda cargada con una piedra del río y los nervios del primer combate.

El rumor llegó como un murmullo de abejas: crujido de ruedas, el cascabeleo de un arnés, una tos aislada.

—¡Ya vienen! —susurró Jesús.

Miguel levantó dos dedos. Esperaron. Contuvieron el aliento.

A lo lejos, apareció el primer carro tirado por una mula blanca de andares cansinos, como la mirada del campesino que la guiaba. Detrás, otro igual. En el primero iban dos soldados franceses sin casco, con la chaqueta abierta y la escopeta apoyada a los pies. En el segundo, un oficial de rostro anguloso y un joven con gorra, claramente un mensajero por el maletín que llevaba cruzado al pecho.

—Ahora… —dijo Miguel.

Cuando la rueda delantera cayó en la zanja oculta, el primer carro se volcó con un estruendo. La mula relinchó. Los soldados gritaron. Fue entonces cuando el monte rugió.

—¡Ahora! ¡Al suelo!

Tomás salió disparado de su escondite y disparó a bocajarro sobre el primer francés. El Obispo hizo lo propio con el segundo y ambos cayeron al instante. El oficial del segundo carro intentó desenvainar, pero una piedra lanzada con fuerza le golpeó la sien. Cayó al barro sin un gemido. Pero no todo fue tan limpio.

Un tercer soldado, oculto bajo una lona del primer carro, salió disparando a ciegas. La bala no erró: impactó de lleno en el pecho del Obispo, que dio dos pasos hacia atrás y cayó de rodillas, como si terminara de rezar. No dijo nada. Solo miró a Miguel con una leve sonrisa y dejó que la vida se le escapara en silencio.

—¡El Obispo! —gritó Galchofa, corriendo hacia él.

—¡Cúbrelo! ¡A cubierto! —ordenó Jesús, arrastrándolo de vuelta.

Miguel descargó su escopeta sobre el francés que había disparado. No hubo segunda oportunidad.

En menos de cinco minutos, todo había terminado. El polvo se asentaba. Los cuerpos yacían entre ramas y almendros. La mula chillaba entre los escombros del carro volcado.

Miguel se arrodilló junto al Obispo. Le cerró los párpados con dos dedos sucios y limpió la sangre de su pecho con el trapo de su zurrón. No era un guerrero. Era un viejo con fe y valor, y se había ganado su sitio.

—No se irá solo —murmuró—. Lo enterramos esta noche, bajo la sabina.

Jesús asintió en silencio.

★★★★★

En las horas que siguieron, vaciaron los carros y descubrieron su tesoro: tres sacos de trigo, uno de pólvora, una caja de fusiles viejos y un hatillo con documentos sellados. Andrés los metió en un saco y los escondió bajo una piedra.

—Estos valen más que la pólvora —dijo—. Si sabemos leerlos, sabremos por dónde se mueven.

No regresaron de inmediato. Se dispersaron en grupos de tres, borrando huellas, desmontando el carro dañado y cubriéndolo de ramas. Querían que los franceses encontraran el desastre, pero no el camino.

La noticia corrió más rápido que el viento: «Han emboscado un convoy en el almendral. Dicen que han matado a más de cien».

Los franceses enviaron más soldados, doblaron las patrullas, repartieron avisos, cortaron caminos. Nada servía. Donde mandaban soldados, los aldeanos no hablaban. Donde vigilaban, el trigo crecía sin esconder nada. Y por la noche, el monte ardía en sombra.

Miguel y los suyos no dejaron de atacar: quemaron un depósito de forraje en un caserón abandonado, hicieron caer un puente de tablones con clavos en el camino de Zaragoza y capturaron un jinete con cartas de mando. Cada golpe era más certero. Cada baja, más dolorosa. Pero la llama crecía.

Un anochecer, mientras repasaban los víveres junto al fuego, un silbido bajo se oyó en el límite del campamento. Dos toques. Pausa. Uno más.

—¿Nuestro código? —preguntó Jesús, levantándose.

—Sí —dijo Tomás, ya con la mano en el cuchillo.

De entre la maleza apareció una figura delgada, con la capa empapada de polvo y los labios partidos por el viento. Tenía la mirada afilada, la ropa raída y la voz justa para hablar.

—¿Quién eres? —preguntó Miguel, en pie, con la escopeta aún baja.

—Me llamo Esteban Royo. Vengo desde Zaragoza. He cruzado campo, barranco y fuego. Vengo a hablar con Miguel Ferrer. Con el hombre que ha hecho temblar a los gabachos desde los montes.

Miguel lo observó en silencio.

—Pues ya lo has encontrado. Habla.

El recién llegado asintió, con un brillo en los ojos que mezclaba urgencia y fe.

—Zaragoza resiste, pero no aguanta sola. Necesitamos hombres. Hombres que sepan moverse. Que conozcan el polvo y no teman el acero. Tú y los tuyos habéis hecho lo que ningún ejército. Queremos que vengáis. Queremos que luchéis con nosotros.

Jesús miró a Miguel.

Este, sin responder, alzó la vista hacia el cielo estrellado. La noche ya no olía a muerte. Olía a futuro. Y el fuego de la guerra, lejos de apagarse, acababa de cambiar de frente.

XV

La noche había caído sobre el monte con un silencio espeso, apenas roto por el canto lejano de un mochuelo. Las brasas de una pequeña hoguera chisporroteaban en un pequeño abrigo, proyectando sombras danzantes sobre los rostros de los hombres que se sentaban en círculo, cada uno con la espalda apoyada en una piedra o un tronco caído. El aire olía a humo, a romero pisado y a tocino caliente.

Miguel partió un mendrugo de pan con el cuchillo que Isabel le había regalado semanas atrás y lo ofreció a Jesús, quien lo aceptó con un gruñido agradecido. A su lado, Andrés removía con un palo una sartén ennegrecida donde unas lonchas de tocino chisporroteaban sobre las brasas, soltando una grasa espesa que hacía crujir la leña húmeda. Una bota de vino iba pasando de mano en mano, y aunque el trago era áspero, todos lo bebían como si fuera un lujo de mesa noble.

Esteban, con la capa aún húmeda por el rocío de la tarde, se sentó sobre una piedra plana y carraspeó antes de hablar. Sus ojos, hundidos y brillantes, tenían la expresión de quien ha dormido poco y visto demasiado.

—Zaragoza no se rinde —dijo, sin alzar la voz—. Es como un toro herido que se revuelve, aunque le claven lanzas desde todos los frentes. Cada calle se defiende con uñas, piedras y pólvora. Hay fuego por todas partes. Hombres, mujeres, hasta los chiquillos. Todos están dispuestos a morir antes que ver ondear la tricolor en las torres.

Miguel masticaba en silencio el pan duro empapado en grasa. Bajó la vista un instante antes de mirar a Esteban.

—¿Queda algo en pie?

—Queda el espíritu —respondió el otro—. Las iglesias se han convertido en hospitales, en fortines… Las casas son trincheras. Se ha peleado en el Coso, en el Portillo, en San Agustín… Hay barricadas hasta en las azoteas. Hasta el Pilar sirve de refugio para los heridos y las madres con niños. Pero aguantamos.

Jesús soltó un bufido.

—Y mientras, hay alcaldes vendiendo mapas y vecinos que cierran los postigos, rezando para que les perdonen la vida.

Esteban asintió con lentitud. Bebió un trago largo de la bota antes de seguir.

—El hambre aprieta. No hay harina. Comemos habas secas, cáscaras de cebolla, lo que se pueda. Pero lo peor no es el estómago vacío. Lo peor es el humo constante. Zaragoza arde y, aun así, la gente canta. Hay quien reza en voz alta entre los disparos. Y otros escriben en las paredes: «Moriremos, sí, pero moriremos libres».

Tomás, que hasta entonces había estado en silencio, dejó la sartén al borde de las brasas y se limpió las manos con un trapo lleno de remiendos.

—Pues yo digo que no puedo dejar estos montes —murmuró—. Aquí somos puyas en el costado del enemigo. Cortamos sus caminos, tumbamos a sus jinetes. Si entramos en la ciudad, ¿quién hará ese trabajo?

Andrés asintió con un leve movimiento de cabeza.

—Aquí podemos hacer daño. Allí podríamos ser solo un número más en la lista de caídos.

Esteban aprobó con un leve cabeceo.

—Buena elección. En esta guerra no hay frente claro. Cada colina puede ser trinchera; cada corral, un bastión.

Miguel los observó con respeto. Sabía que decían la verdad. No había honra mayor que la de quienes resistían desde las sombras, sembrando la duda entre los invasores.

—Entonces está decidido —dijo, al fin, con voz firme—. Vosotros os quedáis en el monte. Mantened vivas estas tierras, haced que los franceses duden de cada paso fuera de la ciudad.

Jesús levantó su cuenco de barro, aún con restos de grasa brillante.

—Y nosotros partimos al amanecer. Zaragoza nos necesita.

El grupo comió en silencio los últimos trozos de pan con las brasas menguando y el vino agotado. La noche se cerró sobre ellos con un manto pesado.

★★★★★

El alba aún no asomaba, pero el cielo empezaba a clarear, deshaciéndose en grises pálidos sobre los montes lejanos, como si la noche se estuviera quitando de encima poco a poco. La bruma dormía entre los matorrales y el aire estaba húmedo, cargado de rocío, con ese silencio espeso que precede al primer canto del día. Apenas un susurro de viento acariciaba las hojas secas.

Miguel ajustaba la cincha de su montura en la penumbra, en silencio. A su lado, Jesús colocaba en la alforja vino, un par de tortas de pan envueltas en trapo y una bolsa con nueces y algo de tocino, que Tomás les había preparado a última hora. El fuego de la noche anterior humeaba aún entre las piedras, y el olor a leña apagada se mezclaba con el del cuero y la tierra mojada.

Tomás y Andrés estaban de pie junto a ellos, con los brazos cruzados y los rostros serios, iluminados apenas por la tenue luz de las ascuas.

—No sé si me gusta esto —murmuró Tomás, con la voz ronca de quien ha dormido poco—. Eso de despedirse con la ciudad ardiendo delante y el enemigo en la espalda. Parece mal presagio.

—O buen presagio —respondió Jesús con una sonrisa cansada—. A veces el humo es señal de que aún queda algo que defender.

Miguel no dijo nada. Miraba al horizonte con los ojos firmes, como si allí, entre la bruma, ya pudiera distinguir las murallas de Zaragoza.

Fue entonces cuando un crujido de ramas los hizo girar. El Mudo apareció desde detrás de una encina, con la silueta encorvada por el frío y un hatillo a la espalda. Caminó hasta Miguel, sin pronunciar palabra, como siempre, pero con una expresión más inquieta que de costumbre. Llevaba algo envuelto en un retazo de tela.

Con las manos temblorosas, le tendió a Miguel un pequeño objeto de madera. Miguel lo tomó con cuidado y, al desenvolverlo, reconoció de inmediato la figura: era una Virgen del Pilar, tallada toscamente, pero con cariño. La misma que Isabel tenía en la mesilla de la enfermería, solo que esta era más pequeña, más rústica…, pero llevaba pintado con tinta de nogal un corazón en el centro del pecho.

—¿Quién la hizo? —preguntó Miguel, curioso y sorprendido al mismo tiempo.

El Mudo sacudió la cabeza. Luego se señaló a sí mismo con un dedo, y luego a su pecho. Después, juntó las manos, como quien reza, y las llevó hacia el horizonte.

—La hiciste tú… por ella —murmuró Miguel, conmovido. El Mudo asintió. No hizo falta decir más. Miguel se la ató al cinturón con la cuerda que la figurita traía, y le dio un apretón en el hombro.

—Gracias, hermano.

El momento quedó suspendido por un instante. Fue roto por un nuevo ruido, esta vez una tos seca y un tropel de pasos torpes que bajaban desde el sendero del corral abandonado.

—¡Aguardad, carajo, que no soy sombra, soy español! —gritó una voz conocida, entrecortada por el esfuerzo.

Era Galchofa, con su chaquetón desabrochado y el cabello alborotado, bajando la cuesta con un morral colgando de un solo hombro. Llevaba un garrote en una mano y una botella medio vacía en la otra.

—¿Qué haces aquí, Galchofa? —preguntó Tomás, alzando una ceja—. Pensé que estabas con los que se quedaban.

Galchofa se detuvo frente a ellos, resollando.

—He cambiado de parecer. Soñé con mi madre anoche. Decía que no había nacido para esconderme. Que, si iba a morir, más valía hacerlo entre hombres que delante de las gallinas del corral.

—¿Y eso fue antes o después de vaciar esa botella? —replicó Andrés, con ironía.

—¡Después! Pero eso no le quita verdad al sueño —respondió Galchofa, ofendido—. No quiero quedarme aquí con los viejos y los cobardes. Quiero pelear. Quiero entrar en Zaragoza con vosotros.

Miguel lo miró en silencio. Jesús también. El grupo se tensó un instante.

—No eres soldado, Galchofa —apuntó Jesús—. Ni siquiera sabes cargar una escopeta.

—¿Y qué? ¡Tampoco nací sabiendo ordeñar cabras, y mírame! —Alzó el garrote con gesto dramático—. Puedo llevar agua, arrastrar heridos, gritar más que nadie, y si hace falta, darle a un gabacho con esto en la cabeza. ¡Quiero ir!

Tomás dejó escapar una risa breve.

—Este desgraciado tiene más corazón que algunos con uniforme.

Andrés suspiró y miró a Miguel.

—Decide tú.

Miguel observó a Galchofa, que lo miraba con los ojos abiertos como un niño que no quiere quedarse solo. Había miedo en ellos, sí, pero también una voluntad terca. Miguel asintió.

—Está bien. Pero obedecerás. Si decimos «agáchate», te agachas. Si decimos «corre», corres. ¿Entendido?

Galchofa se irguió con orgullo.

—¡Al primer grito, patrón!

Miguel sonrió levemente ante la respuesta de Galchofa, aunque en su interior una punzada de duda lo atravesó. El joven tenía coraje, pero también una inexperiencia que podría costarle caro. Sin embargo, era un buen muchacho y, con el tiempo, pensó Miguel, aprendería a canalizar esa energía.

Jesús, con su gesto tranquilo, parecía leer los pensamientos de Miguel.

—Y si nos haces reír, eso también es buena señal. Que no se nos olvide que somos hombres, no bestias.

Miguel asintió, mirando de reojo a Galchofa, quien ya se veía preparado para cualquier orden, incluso si la vida le jugaba una mala pasada.

El grupo volvió a girarse hacia el camino. Las siluetas de los que se quedaban y los que partían se fundieron en abrazos secos, palabras entrecortadas y promesas mudas. No había solemnidad, solo humanidad en estado puro.

Andrés tomó a Miguel del brazo un instante antes de que montara.

—Trae noticias —le pidió, con voz baja—. No de la guerra, sino de la vida.

Miguel lo miró, la niebla del amanecer disipándose a su alrededor y, por un momento, pareció distante.

—Lo haré —respondió con voz un poco más grave de lo habitual—. Y no te preocupes. El enemigo no nos ha ganado aún. Aunque las cosas no estén fáciles, seguimos en pie, ¿no?

Andrés dejó escapar un leve suspiro, como si al fin pudiera soltar un poco del peso que llevaba sobre los hombros.

—Sí, seguimos en pie. Pero… —Se detuvo un instante, observando el rostro de Miguel, como si buscara algo que no acababa de encontrar—. ¿Y tú? ¿De verdad lo crees?

Miguel miró al suelo antes de volver la mirada hacia su compañero.

—Lo creo porque tengo que hacerlo. Pero también sé que esto no es solo nuestra lucha. Nos matan poco a poco, Andrés. Cada día que pasa son más los que caen.

Andrés asintió. Tenía el rostro marcado por la dureza de los tiempos, pero también por la amistad que los unía.

—Ya lo sé —respondió, en un tono bajo—. Lo sé bien. Pero, si caemos, que sea luchando. Si no quedamos los que quedamos, al menos que otros sigan. Eso es lo que importa ahora.

Miguel guardó silencio por un momento. Miró el horizonte, donde las primeras luces del día comenzaban a teñir de oro la niebla que los rodeaba.

—Cuidémonos, amigo —dijo, como una promesa más que una advertencia.

Andrés lo miró, asintiendo sin palabras. Fue un gesto breve, pero cargado de significado, como si ambos supieran que cada despedida podía ser la última.

—Lo haré —respondió finalmente, con un tono más suave, pero firme.

Y sin más, el grupo partió. Miguel, Jesús y Galchofa se alejaron colina abajo, envueltos por la niebla del amanecer, mientras las primeras luces del día empezaban a teñir de oro su marcha hacia la ciudad sitiada.

Desde la cima, Tomás, Andrés y el Mudo los observaron hasta que las siluetas desaparecieron entre los árboles. Luego, en silencio, volvieron al monte. Cada uno con una llama distinta encendida en el pecho.

XVI

El camino de las viñas era una senda reseca y polvorienta, flanqueada por cepas retorcidas y ribazos agrietados. El sol, aún bajo, ya picaba con fuerza.

El grupo avanzaba en silencio, salpicado de sudor y pensamientos, mientras el crujir de las piedras bajo las suelas se mezclaba con el zumbido sordo de las chicharras. Miguel iba en cabeza, la escopeta al hombro y los ojos atentos, barriendo el terreno con cada paso. Detrás venían Jesús, callado, con el sombrero calado hasta las cejas; Galchofa, el más joven, con cara de susto y ganas de hacerlo bien, y Esteban, que caminaba con paso firme, como si cada metro que avanzaban lo llevara a cuentas que tenía pendientes.

No llevaban ni media hora por aquel sendero cuando el sonido los detuvo: un golpe seco, luego otro, y un quejido apagado que se escapaba como el lamento de un animal herido. Se miraron sin palabras. Miguel levantó la mano y se echaron al suelo, avanzando agazapados entre los sarmientos leñosos.

Allí, junto a un melocotonero, dos franceses pateaban a un hombre caído. Uno de ellos se reía con la bota ya manchada de sangre. El otro no decía nada, pero seguía golpeando. El campesino, un hombre de unos cuarenta años, delgado como un alambre y de barba descuidada, apenas se protegía con los brazos. Su rostro, picado por el sol y la viruela, sangraba por una ceja rota.

—No hay tiempo —murmuró Miguel—. ¡Ahora!

Salieron de entre las cepas como un trueno. El primer francés apenas alcanzó a volverse antes de que Galchofa le lanzara encima todo su cuerpo, como un toro ciego. Jesús le arrebató el mosquete al otro y lo abatió con un golpe seco en la nuca. Todo ocurrió en un suspiro. Cuando el polvo volvió a posarse, los dos cuerpos yacían inmóviles.

Miguel se arrodilló junto al hombre herido. Tenía la cara hinchada, un ojo cerrado y una ceja y el labio partidos. Tosía, pero respiraba.

—Tranquilo, paisano. Ya está. ¿Puedes hablar?

El hombre asintió, tragando saliva. Tenía las manos llenas de tierra seca y sangre, pero aún conservaba en la mirada un brillo de fuego. Se incorporó con ayuda, apoyándose en un codo.

—Sorrosal —dijo, con voz ronca—. De El Burgo de Ebro. Aunque hace días que no piso el pueblo.

—¿Qué hacías aquí? —preguntó Esteban, mientras registraba los cuerpos en busca de munición.

Sorrosal soltó una risa amarga, que terminó en tos.

—Robarles. Pan, tocino, algo de vino. Lo que tienen y les sobra. Los muy cerdos se estaban cebando en la casa de un viejo conocido mío. No podía quedarme cruzado de brazos.

Galchofa, que lo miraba con los ojos abiertos como platos, se agachó junto a él.

—Te han dado bien. ¿Cómo es que sigues vivo?

—Porque no me han matado a la primera —replicó Sorrosal, limpiándose la boca con el dorso del brazo—. He corrido más que un zorro, pero me cazaron cerca de la balsa y aquí me tenéis.

—¿Y a dónde ibas? —preguntó Miguel, más sereno. Sorrosal alzó la vista, como si mirara más allá de los campos.

—A la Cabañeta. Allí hay un grupo escondido. Gente de buena madera. No son muchos, pero tienen armas y un plan. Desde hace semanas se ocultan en los corrales viejos, esperando el momento. Yo iba a avisarles de los movimientos por esta zona, pero estos dos me encontraron antes.

Un silencio espeso se instaló entre los cuatro, roto solo por el chirrido de un milano en lo alto.

Jesús miró a Miguel, y este a Esteban, como buscando una certeza que no llegaba.

—¿Y estás seguro de que no te vieron cuando ibas p'allá? —preguntó Esteban, entornando los ojos.

Sorrosal negó despacio.

—Seguro no hay nada —respondió Sorrosal, encogiéndose de hombros—, pero no creo que sepan lo de la Cabañeta. Estos estaban patrullando. Tienen un puesto de observación en la entrada de El Burgo, en la casa del alfarero. Desde allí vigilan los caminos. Si vais por allí, os verán antes de que podáis decir «buenos días».

Esteban se acarició la barba, pensativo.

—Tenemos que llegar a Zaragoza. Mi gente me espera con refuerzos para seguir dando guerra.

—Entonces no toméis el camino del río —advirtió Sorrosal, incorporándose con ayuda de Galchofa y soltando un leve quejido—. Rodead por los huertos del monte, bordeando el canal. Os llevará más tiempo, pero llegaréis vivos. Palabra que sí.

—¿Y tú? —preguntó Miguel, acercándose un poco más a él—. ¿Puedes caminar?

Sorrosal lo miró con una media sonrisa.

—He caminado con menos motivos y me quedan ganas de devolver el favor, así que tú dirás.

Miguel asintió y le tendió la mano, la cual Sorrosal tomó con fuerza.

—Pues vamos, que la guerra no espera.

Sorrosal aún tenía la mano entrelazada con la de Miguel cuando añadió, en voz más baja:

—Antes de tirar p'alante habrá que pasar por la Cabañeta. Si siguen allí, merecen saber lo que se cuece. Y si alguno se anima, mejor ser más que menos.

Esteban asintió sin dudar, y Jesús dio un leve gruñido de aprobación, ajustándose el morral al hombro.

—Vamos, pues —dijo Miguel—. No cuesta tanto desandar unas varas si al otro lado hay aliados.

Tomaron un desvío apenas visible, una senda de cabras que se perdía entre matorrales secos y cañizos. El suelo crujía bajo las alpargatas, y el viento arrastraba hojas viejas, como si susurrara advertencias. A lo lejos, el sol se abría paso entre las nubes, débil pero obstinado.

—¿Queda muy lejos? —preguntó Jesús, mientras apartaba una rama con la culata de la bayoneta arrebatada a uno de los franceses.

—Una hora larga si no nos entretenemos —respondió Sorrosal—. Eso sí, habrá que andar con tiento. Por aquí a veces se mueven rondas de soldados.

Miguel echó un vistazo atrás. Galchofa cerraba la marcha, atento, como si oliera el peligro antes que nadie. Durante el trayecto apenas hablaron. Solo el zumbido de algún insecto y los pasos sobre la tierra seca rompían el silencio.

Finalmente, cuando el sol comenzaba a bajar y el aire refrescaba, llegaron a una zona llana desde la que se divisaban los corrales de la Cabañeta, medio escondidos entre almendros silvestres. Las construcciones eran de adobe y piedra, viejas pero resistentes, y la vegetación crecida las ocultaba casi por completo.

Sorrosal levantó un brazo, deteniéndolos.

—Ya estamos. Ahora toca hacer ruido del bueno.

Emitió un silbido seco, corto y agudo. Luego, esperó. Otro silbido, esta vez más largo, respondió desde el corral más cercano. Al poco, una figura apareció entre los árboles: un hombre delgado, con sombrero de ala ancha y una escopeta colgada al hombro.

—¡Aúpa! —gritó—. ¿Eres tú, Sorrosal?

—¡Pues claro, Elías! ¿Quién quieres que sea, el rey José?

El otro rio, acercándose con paso ligero y seguro. Al llegar, abrazó brevemente a Sorrosal y luego observó con recelo al resto.

—¿Quiénes son estos?

—Gente con ganas de pelea que van a Zaragoza, yo traigo nuevas.

El grupo entró en la casa grande, donde una docena de rostros curtidos y ojos atentos los recibió. Había hombres, un par de mujeres armadas, y hasta un crío que no llegaría a los diez con una navaja sujeta al cinto.

Sorrosal se acercó a la bota de vino colgada en la pared junto a la banca y dio un largo trago, como si llevara días sin beber.

—Los gabachos se han atrincherado permanentemente en el pueblo. Patrullan los caminos y tienen un puesto de observación en la casa de Lobera, el alfarero; se ha vendido por unas míseras monedas. —Escupió en el suelo, como si las palabras quemaran—. Desde allí vigilan todo lo que se mueve.

Un murmullo recorrió el grupo.

Una mujer de pelo recogido en un pañuelo rojo se cruzó de brazos.

—Me pillaron antes de llegar, pero estos —señaló a Miguel y los suyos— me sacaron del apuro. Van camino a Zaragoza a matar gabachos.

—¿Y venís a pedir ayuda? —preguntó Elías.

Esteban dio un paso al frente, con voz grave.

—No venimos a pedir, pero si alguno quiere unirse, será bienvenido. No prometemos oro ni gloria, solo sangre y muertes. Y, si suena la flauta, algo de justicia.

Tras un silencio denso, algunos intercambiaron miradas rápidas. Finalmente, Elías, el hombre del sombrero, asintió.

—Yo voy.

—Yo también —dijo la mujer del pañuelo, agarrando una plancha y un cuchillo—. Al igual que plancho camisas a los señoritos, puedo planchar caras francesas.

—Yo no me quedo —añadió otro, viejo, pero con los ojos más vivos que un niño.

Así, sin más discursos, el grupo creció. Y cuando cayó la tarde, partieron juntos, bordeando los huertos del monte, tal como Sorrosal había aconsejado.

XVII

Pasaron en fila entre olivos viejos y almendros cargados de frutos, con paso cauto pero decidido. Elías abría la marcha ahora, conocedor de los recovecos, mientras Miguel iba segundo, con la escopeta lista y los sentidos afilados como cuchillo de carnicero. El cielo se teñía de naranja cuando llegaron al paso estrecho del barranco Valdevares, una hendidura en la tierra por donde corría un hilo de agua, suficiente para enlodar las alpargatas y esconder pisadas.

Galchofa, con la cara tiznada de polvo y la boca apretada, miraba de un lado a otro, deseando que ocurriera algo que justificara tanto temblor en el estómago.

—¿Por aquí también bajan los gabachos? —preguntó en voz baja, casi sin aliento.

—A veces —respondió Elías sin volverse—. Pero no suelen venir de noche. Tienen miedo de las sombras, los muy perros.

—O de lo que les sale de entre ellas —añadió la mujer del pañuelo rojo, que caminaba con paso ligero, con el cuchillo aún en la faja.

Sorrosal, más atrás, refunfuñaba con cada piedra suelta que le hacía trastabillar. Aunque herido, no perdía el humor.

—Si me matan antes de llegar, que sea rápido, ¿eh? Nada de andar como pato cojo por estos riscos.

—Tú aguanta, hombre —le dijo Jesús, que marchaba a su lado—. Que pa lo que queda de guerra no vamos a ir dejando buenos mozos por las cunetas.

Miguel alzó la mano. Todos se detuvieron en seco. Se oía algo. Pasos, pero no los suyos. Murmullos. El viento trajo la voz de un soldado francés, grave y pausada, como quien habla sin prisa porque se sabe armado.

—Silencio —susurró Miguel—. Al suelo.

Se deslizaron entre los enebros rastreros, escondiéndose como conejos asustados. Desde detrás de una encina, vieron pasar una pequeña patrulla: tres franceses, con la bayoneta calada, riendo entre dientes. Uno de ellos llevaba colgada una liebre muerta.

—Podríamos dejarlos ir —susurró Galchofa, esperanzado.

—Y que mañana disparen a otros —murmuró Elías, sin levantar la cabeza.

Miguel asintió. Bastó con una seña. El grupo se desplegó en silencio, como si cada uno supiera ya lo que debía hacer. Sorrosal se quedó atrás, jadeando, cuchillo en mano más por rabia que por utilidad.

En segundos, el barranco se convirtió en trampa. El primer francés cayó con un golpe seco en la garganta; el segundo no llegó ni a disparar; el tercero corrió unos pasos antes de tropezar con la raíz de un árbol seco y recibir una piedra lanzada por el viejo que antes había prometido no quedarse.

—Aún tengo buen brazo —dijo el anciano, escupiendo al suelo.

La patrulla quedó tendida entre la hierba. Nadie habló durante un rato. Solo el zumbido de las moscas comenzaba a rondar los cuerpos.

—Sigamos —dijo Miguel al fin, limpiándose las manos en el pantalón.

Tras dejar atrás el barranco Valdevares y sortear los bancales resecos, el grupo decidió hacer un alto en una hondonada resguardada por carrascas y romeros. El aire traía el aroma de la tierra caliente y del tomillo machacado bajo las suelas. El sol, ya casi escondido, pintaba de oro las hojas secas.

Elías, con gesto práctico, sacó de su zurrón la liebre que habían arrebatado a los franceses.

—No vamos a dejar que se eche a perder —dijo—. Con un poco de ajo y unas brasas, haremos festín.

Mientras Galchofa recogía leña menuda y Jesús encendía el fuego con destreza, Sorrosal se sentó en una piedra, estirando las piernas con un suspiro.

—Hacía tiempo que no olía a comida de verdad —comentó, observando cómo el fuego empezaba a crepitar.

Esteban, siempre atento, se alejó unos pasos para vigilar el entorno, mientras Miguel ayudaba a preparar el conejo, troceándolo con su navaja.

Cuando el aroma del guiso comenzó a mezclarse con el del monte, Elías, animado, sacó una pequeña flauta de su morral y empezó a tocar una melodía suave. Tras unos compases, se detuvo y, con voz firme, entonó una jota antigua:

«Si tuvieras olivares
como tienes fantasía,
los molinos del aceite
por tu cuenta correrían».

La voz de Elías resonó entre los árboles, y los demás, en silencio, escucharon con respeto.

Al terminar, Galchofa aplaudió con entusiasmo.

—¡Eso sí que anima el alma! —exclamó.

Elías sonrió y, mirando al cielo, que comenzaba a oscurecer, añadió:

«Que no falte buen garnacha
en la mesa del jotero,
pues el vino y la guitarra
saben bailar sin miedo».

Con el estómago lleno y el espíritu reconfortado, el grupo se acomodó para descansar unas horas. Elías, antes de cerrar los ojos, murmuró:

—Con un trago en el cuerpo y un canto en la cabeza, hasta el camino más torcido se hace llevadero.

El silencio de la noche envolvió a los guerrilleros, mientras las estrellas comenzaban a brillar sobre el cielo aragonés.

★★★★★

El resto del camino fue más ligero, aunque la tensión no se disipó. Cruzaron campos secos y bancales abandonados, saltaron acequias y evitaron caminos anchos. Al anochecer, vieron por fin las primeras sombras de la ciudad: torres lejanas, humo de cocinas, un brillo rojizo que decía «hay vida aquí, y también fuego».

Sorrosal se adelantó un paso. Tenía el cuerpo cansado, pero el alma encendida.

—Ahí está. Que no sea mía, pero en ella se juega lo de todos.

Jesús se santiguó en silencio. Elías se quitó el sombrero y lo apretó contra el pecho. Miguel se volvió hacia todos. Su voz era baja, pero firme como piedra.

—Cuando crucemos esas huertas, ya no habrá vuelta. Ni escondite. Si alguien quiere quedarse atrás, es el momento.

Nadie se movió. Ni una palabra.

—Bien —dijo Esteban—. Entonces vamos. Ya no andamos por lo nuestro, andamos por todos.

El grupo avanzaba con paso firme, pero el paisaje que los rodeaba hablaba de una tierra herida. Los campos, antaño fértiles, estaban arrasados; las viñas quemadas y los olivos talados. Las acequias, vitales para el riego, habían sido taponadas por los franceses para cortar el suministro de agua a la ciudad.

A medida que rodeaban los huertos resecos, solo se oían sus pisadas sobre la tierra dura. El suelo estaba agrietado y cubierto de ceniza. Olía a humo, a madera quemada y a estiércol seco. La luna, ya alta, dejaba ver los restos de tapias derruidas, alguna carreta volcada, montones de leña que nadie recogía. No quedaba ni una sombra de lo que fue: casas de labor, eras, cobertizos... Todo arrasado.

No tardaron en ver las primeras sombras humanas. Un grupo de cuatro personas —una mujer con un niño en brazos, un viejo cojeando y un muchacho con un hatillo al hombro— apareció desde un ribazo, avanzando con paso torpe por la cuneta del camino.

—¡Alto ahí! —gritó Miguel, alzando una mano.

El grupo se detuvo, asustado. La mujer alzó la cara, cubierta de polvo, y los miró con ojos desorbitados. El niño no lloraba: dormía, pero su rostro estaba demacrado, con una mancha oscura en la frente.

—¿De dónde venís? —preguntó Esteban, bajando la escopeta, pero sin perder tensión.

—Del Arrabal... de más adentro, ya casi del Coso —respondió el viejo, carraspeando—. Salimos esta mañana. No queda nada. Ni pan, ni agua. Los pozos están secos y los gabachos han cortado el canal.

—¿Y la ciudad? —interrogó Jesús—. ¿Resiste?

—Sigue en pie, sí —dijo el muchacho, apretando los puños—. Pero ya no parece una ciudad, sino un matadero. En la plaza de San Pablo hay carros llenos de heridos, en las iglesias se curan como se puede. La pólvora no alcanza, y los franceses no paran. Bombardean noche y día.

—¿Los nuestros aguantan? —preguntó Elías, con voz grave.

—Aguantan —dijo la mujer, bajando la mirada al niño dormido—. Hay mozos que no han dormido en dos días, y viejos que empuñan palas como si fueran fusiles. Las monjas reparten caldo hecho con raíces. Pero si no entra ayuda pronto...

Sorrosal los miró en silencio, con los ojos clavados en la nada.

—¿Y el camino? —preguntó Miguel—. ¿Muchos franceses por aquí?

—Patrullas pequeñas, pero constantes —respondió el viejo—. Los vimos hace un rato cerca de la torre de Zalfonada.

Van en parejas, y alguno a caballo. Hay uno que siempre lleva una capa larga, con la cara tapada. Ese da miedo.

Miguel asintió y les hizo una seña para seguir su camino.

—Que Dios os ampare —dijo la mujer, antes de seguir.

Cuando desaparecieron tras la curva del camino, el grupo permaneció callado unos instantes. Solo se oía el canto de un mochuelo y el roce del viento entre los chopos.

—Nos vigilan —dijo Jesús de pronto, mirando hacia unos bancales elevados a la izquierda.

Miguel clavó los ojos en la loma. Durante un segundo, nada. Luego, un destello leve. Un reflejo de metal. Un francés, apostado en lo alto, quizá con un catalejo o con un fusil preparado.

—No dispares —murmuró Miguel—. No todavía. Vamos por la rambla seca, pegados a las cañas. Y sin abrir la boca.

Así lo hicieron. Se internaron por una cañada flaca, entre zarzas y juncos quebrados, ocultos por la penumbra. A lo lejos, los perros ladraban y las campanas de la ciudad tañían con tono grave, como si cada badajazo marcara una vida menos. La luna los guiaba con su luz mortecina, y cada paso los acercaba más al zumbido de la batalla, al corazón latiendo de una ciudad que no se rendía.

Cuando el perfil de la ciudad comenzó a dibujarse con más claridad entre los campos, Esteban levantó el brazo, señal de alto. Todos se detuvieron, tensos.

—Aquí —dijo en voz baja—. No podemos acercarnos más sin saber cómo están las cosas dentro.

Miguel frunció el ceño, contrariado.

—¿Esperamos?

—Vamos a enviar aviso primero. Conozco un paso por el azud del Gállego. Hay un chaval que suele ir y venir con mensajes. Le dejaré una señal, y si todo sigue como la última vez, mi gente sabrá que estoy cerca. Ellos nos dirán dónde entrar, por dónde movernos. No nos podemos plantar sin más, a lo bruto.

Galchofa, con las manos en los bolsillos y la mirada fija en las luces lejanas, murmuró:

—Tanto camino pa parar justo al llegar…

Esteban le dirigió una mirada rápida.

—Mejor parar una noche que acabar todos muertos en la entrada.

Jesús gruñó en aprobación y se sentó sobre una piedra plana.

Miguel asintió, serio.

—Entonces, ¿esperamos la respuesta aquí?

—Sí. Si todo va bien, al final del día de mañana sabremos qué hacer.

XVIII

El grupo se replegó unos cientos de pasos hasta dar con una pequeña hondonada donde los olivos, viejos y retorcidos, ofrecían algo de sombra y refugio. Esteban les hizo una seña, y se internaron en el olivar conocido como de San Agustín. No era más que un pedazo de tierra olvidada, con los árboles creciendo desordenados, pero en aquellos tiempos de ataques y sobresaltos parecía un refugio más que aceptable. Allí no llegaba ni el eco de la ciudad. Solo el crujir de las ramas con la brisa, el susurro lejano del río Huerva y algún abejorro cabezón que se empeñaba en rondarles. Jesús encendió un pequeño fuego, bien tapado con piedras, apenas un rescoldo para calentar algo de pan y tocino. Galchofa aprovechó para echar una cabezada, envuelto en su manta como un caracol en su concha. El resto aguardaba en silencio.

Miguel se apartó un poco del grupo, sentándose con la espalda contra el tronco de un olivo de copa ancha. La corteza le raspaba la chaqueta, pero no se movió. Miraba al cielo absorto, cubierto de nubes bajas, y pensaba en Isabel.

Desde que cayó, no había pasado una noche sin que su imagen volviera. Su risa, su forma de fruncir los labios cuando hilaba, la rabia que le estallaba en los ojos cuando hablaban de rendirse. La veía en el humo de los disparos, en la ropa de las campesinas, incluso en los silencios de Jesús.

Se llevó una mano al pecho, donde descansaba su medalla de San Lorenzo. Se le humedecieron los ojos, pero no lloró.

«¿Y si todo esto no sirve de nada? —pensó—. ¿Y si ganan ellos igual? ¿Y si toda esta sangre se va al barro como si nada?».

Se mordió los labios.

«Pero entonces… ¿qué? ¿Quedarme quieto? ¿Esperar a que vengan a por nosotros uno por uno?».

No había respuestas. Solo el zumbido de los insectos entre las ramas.

Mientras tanto, no muy lejos de él, Jesús removía las brasas con una ramita. Sentada frente a él, con las rodillas recogidas, estaba la mujer del pañuelo rojo. Tenía el rostro curtido, pero sereno, y los ojos bien abiertos, atentos al fuego.

—No me has dicho tu nombre —murmuró Jesús, sin mirarla del todo.

Ella ladeó la cabeza y esbozó una sonrisa leve.

—Me llamo Teresa —respondió.

—Eres de El Burgo, ¿no?

Teresa negó con la cabeza y esbozó una sonrisa breve.

—No, soy de Villafranca. Me fui a El Burgo por trabajo, cuando tenía diecisiete. En Villafranca no había más que piedras y hambre, y ya éramos cinco hermanas. Conseguí que me tomaran como costurera en casa de los San Esteban. Buena casa, al principio. Me mandaban a Zaragoza a por encargos, a veces.

Jesús asintió, reconociendo el apellido.

—¿Y tu marido?

—No tengo, ni lo he tenido. Ya ves…

Él tragó saliva y bajó la mirada.

—Lo digo porque… Bueno, con lo que está cayendo, cuesta ver mujeres solas en esto. No muchas se animan. ¿Y tu familia?

Teresa encogió los hombros y se abrazó las piernas.

—Mi madre murió de tisis el año pasado, y las otras, casadas o dispersas. Ya ni sé. Cuando mataron a mis señores, me quedé sin nada. ¿Costurera? ¿Para quién? ¿Los franceses? Prefiero coserles la mortaja.

Jesús la miró entonces con una mezcla de respeto y sorpresa a la vez que se le escapaba una risotada.

—Tienes arrestos, Teresa.

Ella se rio, bajito.

—No los suficientes como para callar cuando me duele el costado de andar todo el día con este petate. Pero aquí estoy.

Jesús se rascó la nuca, sin saber qué decir.

Teresa lo notó y le palmeó la rodilla con suavidad.

—Anda, échame más de ese tocino, que tengo hambre y me tienes en ayunas.

Él obedeció, pasándole un trozo más chamuscado de lo normal y sin quitarle ojo, sonriendo un poco más de lo habitual.

Miguel, a unos pasos, escuchaba sin querer y, por un momento, entre la pena y la incertidumbre, le pareció que aún quedaba algo que valía la pena proteger.

Trascurrió el día en calma. El viento se llevó el humo y hasta los más nerviosos pudieron cerrar los ojos. Las horas pasaron despacio, marcadas por el zumbido persistente de los insectos, el canto intermitente de las alondras y el crujido de alguna rama reseca al paso del viento. Desde lejos llegaba, de vez en cuando, el rumor del río y el ladrido aislado de un perro, perdido en algún caserío lejano.

Jesús tallaba distraídamente un palo con su navaja, mientras Teresa, sentada a su lado, remendaba el bajo de su falda con hilo sacado de su propio dobladillo. De vez en cuando hablaban en voz baja, sin prisas, como si el mundo se hubiera quedado quieto en torno a ellos.

Galchofa se paseaba entre los árboles, recogiendo aceitunas caídas y lanzándolas a una piedra a modo de blanco. Se entretuvo un buen rato, hasta que una le dio de lleno y soltó un «¡toma!» que hizo reír a los más cercanos.

Miguel, por su parte, había hecho varias rondas discretas por el perímetro, asegurándose de que no había movimiento cerca. Al volver, se sentó en cuclillas junto a Esteban, que revisaba su cuchillo con gesto ausente.

—¿Crees que llegarán noticias antes de que anochezca? —preguntó Miguel, sin mirarlo.

—Si todo sigue como estaba, sí. Ese chico es rápido, pero con estos días nunca se sabe. Una patrulla, un desvío, una mala cara, y se retrasa todo.

Miguel asintió. Se quedó un momento en silencio, observando cómo las sombras de los olivos se estiraban con el sol de la tarde.

—Nos estamos jugando mucho —dijo al fin.

Esteban alzó la vista y lo miró fijo.

—Por eso hay que hacerlo bien.

Miguel no respondió. Se levantó despacio, sacudió la tierra de sus manos y volvió a mirar en dirección a Zaragoza, donde la silueta de la ciudad apenas se recortaba entre la bruma y el polvo del camino.

Un poco más atrás, bajo una rama baja, Elías y Sorrosal estaban sentados sobre un tronco caído. Ambos eran hombres de campo, curtidos por el sol y las faenas, y se entendían sin decir mucho. Compartían un mendrugo de pan y un par de higos secos envueltos en trapo.

—¿Te acuerdas de la última trilla en el corral de Aguilar? —dijo Elías, con media sonrisa—. Que nos cayó aquel chaparrón justo cuando teníamos todo el grano extendido.

Sorrosal bufó.

—¡Cómo no! Estaba el cielo claro por la mañana, ¿te acuerdas? Y luego, ¡zas! Nos vino por detrás del barranco. Me tiré media noche secando sacos junto al fuego.

—Y al mozo de los Mur se le pudrió media carga —añadió Elías, rascándose la barba—. Por no taparla. ¡Si ya le dije yo que no se fiara del cierzo!

Sorrosal asintió, mirando al suelo.

—Estos franceses nos están dejando sin siembra y sin tiempo. Cuando volvamos, si volvemos, no va a haber ni paja que dar al mulo.

—Yo dejé la tierra sin arar. No sé si cuando regrese podré hacer algo con ella —murmuró Elías—. Pero más me pesa no saber de la Vicenta. Si ha tenido que marchar o si sigue allá, esperando que esto acabe.

Sorrosal le puso una mano en el hombro, firme.

—Las nuestras son duras, Elías. Aguantan más que nosotros. Si la Vicenta sigue en la Cabañeta, estará viva y esperando.

Elías tragó saliva, con gesto serio.

—Ojalá tengas razón, mala hierba nunca muere… —dijo con sorna para disimular su preocupación. —Y luego, tras una pausa—: Cuando todo esto pase, me voy a plantar garbanzos por el Pilón de Santa Bárbara. Tierra dura, pero buena si se la trata con paciencia, como a la Vicenta.

Sorrosal soltó una risa seca.

—Si no se te los comen los conejos, claro.

—Pues que vengan, que les tengo ganas también —gruñó Elías, medio en broma.

Se quedaron allí un rato más, en silencio. Llevaban años viéndose las caras en las ferias, en los campos de siega, en las vendimias. A esas alturas, bastaba con estar. Elías se frotó las manos, Sorrosal mascó otro trozo de pan sin prisa, cuando las últimas luces del día comenzaron a apagarse.

De pronto, entre las hileras de olivos emergió la figura de un muchacho. Venía a pie, embarrado hasta las rodillas y con la respiración agitada.

—Busco a Esteban —dijo, sin más.

Las conversaciones se apagaron al instante. Uno tras otro, los hombres se pusieron en pie. Esteban dio un paso al frente, y Miguel lo siguió. No hizo falta decir nada más. La espera había terminado.

XIX

Esteban se acercó al muchacho, que se secaba el sudor con la manga de una blusa deshilachada. Tendría unos catorce o quince años, delgado y resistente, como los que han crecido entre mulas y cardos. La tez morena, los ojos hundidos de sueño y un mechón de pelo pegado a la frente por el barro. Llevaba un hatillo pequeño al hombro y una navaja sujeta en el cinto con un trozo de cuero.

—Soy yo. ¿Tú quién eres?

El muchacho asintió y escupió a un lado, sin perder la compostura.

—Simón me llamo. Mi padre es el que cuida las mulas de los canónigos. Pero ahora las mulas pastan solas y él está en San Cayetano, encerrado. Yo les hago los encargos a los de dentro, cuando puedo.

—¿Y cómo sé que no te manda un gabacho con buenos modales?

Simón se encogió de hombros, sin perder la compostura.

—No lo sabes. Pero si me hubieran mandado los franceses, ya estaríais atados o muertos. Yo no pierdo el tiempo con rodeos.

A Esteban se le escapó una sonrisa burlona. Asintió, despacio.

—Vale, muchacho. ¿Qué tienes para nosotros?

—Hay paso por el Huerva, junto a la torre de San José. El agua no va tan alta, se puede cruzar por las piedras. Al otro lado os estarán esperando dos hombres, amigos de Ciriaco, el de Juslibol. Os llevarán por detrás del convento de Santa Catalina, hasta la Puerta Quemada. Ahora hay menos guardia allí. Los franceses andan más pendientes del Portillo.

—¿Y estás seguro de eso?

—He cruzado dos veces esta semana. Hoy mismo estuve al otro lado. Solo vi una pareja de patrulleros, y no se movían del puente. Lo demás, limpio. Pero hay que darse prisa antes de que caiga la noche del todo.

Esteban se volvió hacia los demás. Miguel ya se había ajustado el zurrón. Jesús apagó el fuego con tierra, y Galchofa bufó antes de levantarse, sacudiéndose las migas de la manta.

—Entonces no perdamos más tiempo —dijo Esteban—. Simón, abre camino.

—Detrás de mí, y sin hacer ruido. Si nos pillan, que sea corriendo.

Y con paso ágil, el chico se internó entre los olivos, seguido de los demás como sombras bajo la luz menguante del atardecer.

El grupo se puso en marcha con sigilo, dejando atrás el olivar de San Agustín. Simón caminaba unos pasos por delante, girando la cabeza de vez en cuando para comprobar que lo seguían. El sol ya se había ocultado, y el cielo tenía esa luz cenicienta que apenas deja distinguir los caminos.

Atravesaron un campo en barbecho, saltaron una tapia de piedra medio derruida y bajaron por un sendero estrecho que serpenteaba entre zarzas y matorrales. Al fondo, como una silueta recortada contra el último brillo del oeste, se alzaba la torre de San José.

—Desde aquí bajáis hasta el río —dijo Simón, deteniéndose junto a una higuera—. Hay unas piedras grandes, alineadas como en un juego de niños. Si pisáis bien, no os mojaréis. Al otro lado, tomáis el sendero entre los huertos. Veréis una tapia blanca con un almendro seco. Allí os esperarán dos hombres: Jeromo y el Tiznao. No hablan mucho, pero os meterán por detrás del convento hasta la Puerta Quemada.

—¿Tú no vienes? —preguntó Jesús, mirándolo de reojo.

Simón negó con la cabeza.

—No puedo quedarme. Me esperan en el convento de las Fecetas. Llevo un mensaje para madre Dominga. Les falta sal y vino de consagrar. Y hay un niño con fiebres.

—¿Y tú solo llevas eso? —preguntó Teresa, acercándose.

Simón la miró con un brillo cansado.

—No es mucho, pero en esta guerra cualquier cosa pesa como una piedra. —Alzó el hatillo, que apenas abultaba—. Aquí va lo que me han podido dar los del molino de la Peña. Y yo, la cara para dar si me pillan.

—Tienes agallas, chaval —le dijo Jesús, dándole una palmada en la espalda.

—Tengo miedo, eso sí —confesó Simón sin pudor—. Pero me da más miedo quedarme sin hacer nada.

Esteban le pasó un mendrugo envuelto en trapo y un poco de tocino.

—Toma, para el camino.

—Que Dios os guarde —respondió Simón, antes de echar a andar de nuevo, perdiéndose entre los cañizos con paso ágil.

Se hizo un silencio denso, cargado. Luego Galchofa soltó un suspiro largo.

—Ese crío tiene más redaños que yo cuando fui a pedirle la mano a la Ciriaca.

Jesús sonrió, pero no dijo nada. Miguel, en cambio, volvió a mirar hacia la ciudad, que se intuía ya bajo las sombras de la noche.

—Pues hale —dijo Esteban—, continuemos.

Bajaron la ladera con cuidado, pisando donde el terreno lo permitía. Al llegar a la orilla del Huerva, el murmullo del agua llenó el aire con su rumor incesante. El río bajaba más lento de lo esperado, y las piedras estaban dispuestas como Simón había dicho: grandes, oscuras, resbaladizas. Uno a uno fueron cruzando, con los zurrones a la espalda y los fusiles bien sujetos. Teresa fue la última en pasar, y Jesús le tendió la mano desde la otra orilla.

—No me sueltes —le dijo ella.

—Ni por todo el tocino de Aragón —respondió él, en voz baja.

Una vez al otro lado, se reagruparon junto al almendro seco. El silencio era denso, y solo el sonido apagado del agua quedaba atrás, como un recuerdo. Entonces, entre los huertos, surgieron dos figuras. Uno era bajo y fornido, con el paso seguro y los hombros como toneles. El otro, delgado como un álamo joven, llevaba un gorro de lana bien calado y una escopeta vieja cruzada a la espalda.

—¿Sois los del olivar? —preguntó el fornido, sin levantar mucho la voz.

Esteban asintió, aunque fue Miguel quien dio el paso al frente.

—Sí. Nos mandó Simón. Nos dijo que vosotros…

—Sí, sí, ya sabemos —interrumpió el alto—. Nos toca a nosotros abrir camino. Esperad aquí, no hagáis ruido.

El fornido sacó una bota de vino y la compartió con ellos, mientras el otro desaparecía por un portillo oculto tras unos juncos. No tardó en volver.

—Venga, seguidme. Por aquí se entra al convento de las Catalinas, por detrás. Luego, cruzamos el patio en silencio y salimos por el callejón de la Cal, justo al lado de la Puerta Quemada. Ahora hay poca guardia ahí. Si no hacéis tonterías, estaréis dentro en un cuarto de hora.

—¿Y si nos paran? —preguntó Teresa, ajustándose el pañuelo.

—Decid que traéis aceite para el hospital. Y no mentís del todo —dijo el fornido, señalando los zurrones—. Con suerte, ni os miran dos veces.

El grupo intercambió una última mirada. Nadie dijo nada. Las palabras, ahora, solo podían estorbar.

XX

La entrada al convento fue rápida y silenciosa. El Tiznao guio al grupo por un pasillo angosto tras el huerto de las Catalinas, donde el olor a cebollas secas flotaba en el aire. Un muro carcomido por la humedad ocultaba la puerta trasera. Jeromo golpeó dos veces y esperaron. Al instante, un sonido leve de cerrojos descorriéndose les indicó que la señal había sido recibida.

La puerta se abrió con un crujido de madera vieja. Sor Cecilia los esperaba al otro lado, envuelta en su hábito, con el rostro pálido pero firme bajo la luz temblorosa de una vela. A sus espaldas, el convento era un refugio improvisado: colchones sobre el suelo, mantas raídas y rostros demacrados. Mujeres con niños dormían acurrucadas contra las paredes, ancianos compartían hogazas de pan seco y, en un rincón, una joven vendaba el brazo de un muchacho que no debía de tener más de dieciséis años. El aire estaba cargado de incienso y ceniza, una mezcla de piedad y guerra.

Sor Cecilia les hizo una seña para que la siguieran. Atravesaron un pasillo estrecho hasta llegar a la sacristía, donde una mesa cubierta de papeles y un mapa rudimentario ocupaban el centro de la estancia.

—Los franceses han movido posiciones desde el Portillo hacia la plaza de San Felipe —susurró, señalando puntos marcados con carbón sobre el mapa—. Han reforzado la calle del Sepulcro y controlan el acceso desde la puerta de Toledo.

Por aquí… —deslizó el dedo hacia el sur— han colocado un puesto de mando junto a la fuente de la Samaritana.

Miguel observó el mapa con atención, memorizando cada ubicación, cada marca. Cada línea significaba vida o muerte para los que aún resistían en la ciudad.

—¿Y nuestra base es segura? —preguntó Esteban.

—Todavía no lo han descubierto, pero están buscando. Han traído más soldados desde el Puente de Piedra. Es cuestión de tiempo.

La conversación terminó rápido. No había espacio para más palabras. Con un gesto firme, Miguel agradeció a la monja y asintió a sus compañeros. Era hora de moverse.

★★★★★

Las calles de Zaragoza eran sombras de lo que fueron. La piedra ennegrecida de los edificios, el humo flotando entre los tejados, las huellas de la guerra marcadas en cada esquina. Calles enteras estaban convertidas en escombros, con trozos de vigas y ladrillos apilados como barricadas improvisadas. Las puertas de algunas casas permanecían abiertas de par en par, deshabitadas, saqueadas. Sobre las fachadas, manchas de pólvora y fuego oscurecían los balcones, y en el aire aún flotaba el olor a madera quemada y carne calcinada.

El grupo avanzó pegado a los muros, deslizándose entre los portones desvencijados y los pasillos estrechos. En la plaza de San Miguel, los restos de un carro volcado yacían en mitad del camino, las ruedas aún manchadas de sangre seca. Miguel se detuvo un instante, observando los cuerpos tendidos más adelante, cubiertos con mantas raídas. Nadie lloraba por ellos. Nadie tenía tiempo.

Cerca de la calle Azoque, donde estaba el cuartel clandestino, el sonido de pasos uniformados les congeló la sangre. Una patrulla francesa. Cuatro hombres avanzaban entre los escombros, inspeccionando ventanas y puertas cerradas con una linterna de aceite. No podían pelear allí. No podían delatar su presencia.

Sin una palabra, Esteban se deslizó hacia un portal en ruinas y los demás lo siguieron. Se acuclillaron tras una pila de adoquines, conteniendo el aliento. El resplandor de la linterna se reflejó en la pared junto a ellos, iluminando la marca de un disparo reciente, un agujero negro en el yeso. Miguel sintió la respiración de Galchofa junto a él, rápida y entrecortada. Teresa apretó su cuchillo contra el pecho, los ojos fijos en los soldados.

El grupo permaneció inmóvil tras los escombros, la respiración contenida mientras los franceses pasaban de largo. La patrulla avanzaba con paso firme, revisando las puertas cerradas con golpes secos de la culata de sus mosquetes. Bajo el resplandor de la linterna de aceite, sus rostros se veían tensos, agotados. Uno de ellos, un sargento de bigote fino y uniforme polvoriento, detuvo al más joven con un gesto brusco.

—*Arrête-toi un instant. Tu entends ça?* (Detente un instante. ¿Oyes eso?) —murmuró, inclinándose hacia una ventana rota.

El soldado, apenas un muchacho con mejillas hundidas, negó con la cabeza.

—*Rien, mon sergent. Juste le vent.* (Nada, mi sargento. Solo el viento.).

El sargento frunció el ceño, receloso, y alzó la linterna hacia el callejón. La luz amarilla titiló sobre los muros ennegrecidos.

—*Il y avait du bruit ici hier soir. Le capitaine veut qu'on surveille cette rue.* (Hubo ruido aquí anoche. El capitán quiere que vigilemos esta calle.).

Miguel observaba desde su escondite con el cuerpo tenso, preparado para reaccionar si la patrulla se detenía demasiado cerca. A su lado, Galchofa apenas respiraba, los ojos abiertos como platos. Esteban, más atrás, apoyó una mano sobre el hombro de Jesús y le hizo una seña para que se preparara.

—Si pasan de largo, nos movemos al siguiente portal —susurró—. Si paran, nos metemos por el almacén quemado.

Jesús asintió, pero, en lugar de detenerse, el sargento francés dio una última mirada al callejón y resopló.

—*Allons-y. Il n'y a rien ici ce soir.* (Vámonos. No hay nada aquí esta noche.).

El grupo esperó aún unos segundos después de que los franceses desaparecieran por la esquina antes de moverse.

Esteban se adelantó primero, avanzando con cautela por el pasillo estrecho entre dos edificios calcinados. Miguel lo siguió con el sable sujeto en la mano derecha, preparado para lo que fuera. El silencio en la ciudad no era ausencia de ruido, sino una amenaza velada.

—No me gusta esto —murmuró Esteban en voz baja—. Está demasiado tranquilo.

—¿Quieres que volvamos? —preguntó Teresa, con el cuchillo aún en la mano.

Esteban negó con la cabeza.

—No. Pero manteneos alerta. Cruzaremos por la iglesia de Santa Fe, llegaremos antes. Y no quiero que nadie se confíe.

Cuando alcanzaron la esquina del almacén quemado, Miguel se detuvo un instante y observó su entorno. Las piedras del pavimento estaban oscurecidas por el fuego, algunas desmoronadas, otras cubiertas por una capa de ceniza que el viento removía con lentitud. Un poste de madera había sido partido por la mitad, dejando astillas y una cuerda deshilachada colgando en el aire. A unos pasos, un pañuelo infantil cubría un charco seco de sangre.

Las calles de Zaragoza se estrechaban entre sombras y ruinas, pero el grupo avanzaba sin detenerse, sorteando escombros y muros a medio derruir. El olor a nitrato y azufre flotaba en el aire, mezclado con el de fogatas apagadas y el hedor de cuerpos que habían quedado atrás en el enfrentamiento. A pesar de la destrucción, los pasos de los guerrilleros eran seguros. Con cada cruce y cada pasaje vacío, el cuartel quedaba más cerca.

El edificio al que se dirigían era una casa de comercio, antaño próspera, situada en la calle Azoque, cerca de la plaza del Mercado. Su fachada, de ladrillo desgastado y entramado de madera, mostraba las huellas de la guerra: impactos en las vigas, una ventana tapiada con tablones viejos y el cartel de la antigua tienda partido por la mitad. Los franceses no le habían prestado demasiada atención, creyéndola abandonada tras el primer asedio. Pero bajo su apariencia derruida, sus bodegas escondían el núcleo de la resistencia.

Miguel se detuvo un instante antes de cruzar el umbral. A su lado, Esteban golpeó tres veces en la puerta, un ritmo corto y preciso. Desde dentro, un sonido seco de cerrojos y cadenas les respondió. La puerta se entreabrió justo lo necesario para que una mano firme los invitara a entrar.

Bajaron por un pasillo angosto hacia las bodegas, donde la piedra se volvía fría y el aire tenía el aroma terroso del vino viejo. El suelo estaba cubierto de paja en algunos rincones, y barriles rotos servían como mesas improvisadas. Unas lámparas de aceite colgaban de clavos oxidados, proyectando sombras alargadas en las paredes rugosas.

Sentado en una de las mesas, con las manos entrelazadas sobre la madera desgastada, esperaba el líder de la resistencia: José Ibáñez. Un hombre de cuarenta años, de rostro curtido y manos callosas por el trabajo en la fragua. La chaqueta de cuero, salpicada de ceniza, dejaba entrever una camisa remendada y un cinto de herramientas sujetando una daga. Su expresión era dura, pero no hostil. Cuando levantó la mirada, sus ojos oscuros se clavaron primero en Esteban, y luego en Miguel y los demás.

—¡Vaya, el muchacho ha vuelto! —soltó Ibáñez, apoyando los codos sobre la mesa—. Y con compañía, por lo que veo.

Esteban apenas hizo una mueca.

—Hemos traído información, pero si prefieres charlar, busca un corrillo en la taberna.

Ibáñez dejó escapar un bufido y se puso en pie, ajustando el cinturón.

—Siempre con la lengua afilada, Esteban. A ver si un día la usas para algo útil.

Miguel observó la tensión entre ambos. Esteban mantenía la vista fija en el herrero, desafiante, mientras Ibáñez se cruzaba de brazos con aire de autoridad.

—¿Tenéis algo que sirva de verdad? —preguntó Ibáñez, con un tono más serio.

Miguel dio un paso adelante.

—Han reforzado el acceso desde la plaza de San Felipe y el Portillo. También hay movimiento cerca de la Puerta Quemada.

Ibáñez le sostuvo la mirada unos segundos.

—Miguel Ferrer, ¿no? Me han hablado de ti —dijo, inclinando un poco la cabeza—. Un hombre de campo metido en líos de guerra. ¿Qué pasó? ¿Te aburriste de la cosecha?

Miguel apretó la mandíbula.

—Mi cosecha era buena, pero los franceses me la quemaron.

Ibáñez soltó una sonrisa breve y seca.

—Entonces tienes razones para estar aquí. No nos sobran hombres que peleen por algo más que por orgullo.

Jesús, que hasta entonces había permanecido callado, miró a Esteban y luego a Ibáñez.

—¿Qué hacemos con lo que sabemos? —preguntó, con tono directo.

El herrero le sostuvo la mirada y señaló el mapa sobre la mesa.

—Primero, organizarnos. Luego, pensar en los próximos pasos. No vamos a correr como pollos sin cabeza.

Esteban soltó un leve resoplido y apoyó una mano sobre el barril a su lado.

—Tienes razón, José —admitió, con una sonrisa casi imperceptible—, aunque te duela oírlo.

Ibáñez lo miró de soslayo y sacó una bota de vino de debajo de la mesa.

—Me duele más ver a los nuestros morir por falta de cabeza.

Miguel tomó asiento junto a los demás. Sabía que aquel intercambio de palabras no sería el último entre ellos. Ambos eran hombres de convicción, pero la guerra los obligaba a entenderse, aunque fuera a regañadientes.

Y mientras la ciudad ardía en la distancia, en aquella bodega la resistencia se preparaba para el siguiente golpe.

★★★★★

El aire en la bodega olía a humedad, a hierro y a vino viejo. En la mesa central, Ibáñez extendió un mapa tosco, con marcas de carbón sobre los puntos clave de la ciudad. Lo alisó con las manos ennegrecidas por el hollín y clavó la mirada en los presentes.

—La situación es la que es. Estamos resistiendo, pero cada día se nos complica más —comenzó, con tono grave—. Los franceses han incrementado el número de hombres en San Felipe, aunque no sabemos cuántos hay exactamente. Lo único seguro es que, si no cortamos su movimiento en esa plaza, tarde o temprano nos van a cercar.

Jesús, apoyado contra un barril, cruzó los brazos.

—¿Y cómo hacemos si no sabemos con qué nos enfrentamos?

Ibáñez dejó escapar un resoplido.

—Por eso tenemos que atacar con cabeza, no como alimañas desesperadas. Un grupo de patrulla suele rondar la zona. Si logramos emboscarlos, les restaremos ojos y fuerza antes de que nos descubran.

Galchofa se removió en su asiento, nervioso pero expectante.

—¿Y si resulta que tienen más hombres de los que esperamos?

Esteban intervino, con tono directo.

—Entonces reaccionamos rápido. No vamos a quedarnos parados contando soldados, Galchofa. Si el golpe no es limpio, nos replegamos.

Ibáñez entrecerró los ojos, mirándolo de soslayo.

—Eso es muy fácil de decir, Esteban. Aquí no estamos jugando a las escondidas. Si nos retiramos a la primera señal de problemas, les damos ventaja.

Esteban se apoyó en la mesa, con aire desafiante.

—Si nos quedamos demasiado tiempo, nos enterrarán aquí mismo. No podemos actuar como si tuviéramos un ejército detrás.

Miguel notó el aire denso en la sala. La conversación no era solo sobre estrategia, era el choque de dos formas de ver la guerra: una basada en la resistencia firme; la otra, en la movilidad y el oportunismo. Cada uno defendía su punto con la obstinación de quien ha visto lo peor de la batalla.

—¿Cuántos hombres tenemos de apoyo? —preguntó Miguel, cortando la tensión.

Ibáñez se frotó la barba.

—Los suficientes para responder si la cosa se tuerce, pero no para meternos en una pelea abierta.

Jesús dio un paso adelante.

—Entonces habrá que hacer esto rápido. Entramos, golpeamos y desaparecemos.

Ibáñez asintió.

—Exacto. Y mientras vosotros estáis en San Felipe, Teresa irá con otro grupo hacia la Puerta Quemada. Su tarea será más discreta: mantener el enlace entre el convento de las Catalinas y el cuartel.

Teresa, que había permanecido callada, frunció el ceño.

—¿Yo? ¿De mensajera?

Ibáñez le sostuvo la mirada.

—Sí. Un grupo de hombres llamaría demasiado la atención. Una mujer moviéndose entre refugios, en cambio, no despierta sospechas.

Teresa resopló, cruzándose de brazos.

—Mejor haría rebanándole el cuello a algún gabacho.

Ibáñez esbozó una sonrisa seca.

—No dudo que podrías, pero ahora necesitamos otra cosa.

Teresa tardó unos segundos en responder. Apretó la mandíbula, se acomodó el pañuelo en la cabeza y, finalmente, asintió, aunque con evidente desagrado.

—Lo haré, pero no me gusta.

—A nadie le gusta nada en esta guerra —respondió Ibáñez, con voz firme—. Pero hacemos lo que hay que hacer.

El grupo asintió sin más palabras. Se estaban preparando para una noche que definiría la resistencia. En San Felipe, en la Puerta Quemada y en cada rincón de Zaragoza, el destino de los que aún peleaban pendía de un hilo. Y en aquella bodega, con los mapas sobre la mesa y las manos tensas sobre el acero, la guerra avanzaba sin pausa.

XXI

Las calles que llevaban a la plaza de San Felipe eran un laberinto de destrucción. Los adoquines estaban rotos, las fachadas oscurecidas por el fuego y en algunos portales se veían muebles volcados, restos de vidas abandonadas en mitad del desastre. El aire olía a pólvora y ceniza, y cada paso era una advertencia silenciosa: los franceses estaban cerca.

El grupo avanzó con cautela, pegándose a los muros derruidos, esquivando las vigas caídas y los carros volcados. La Torre del Reloj se alzaba sobre la plaza; su estructura, aún firme, a pesar de los impactos de metralla que salpicaban la piedra. Desde su cima, los franceses dominaban la vista de la ciudad, vigilando movimientos y cortando cualquier intento de resistencia en la zona. Era el punto de observación clave y tenían que recuperarlo.

Antes de dar el primer paso hacia la torre, se encontraron con un grupo de supervivientes refugiados en una casa medio derruida. Hombres cubiertos de hollín, con ropas desgarradas y armas improvisadas. Sus ojos hablaban de días de lucha, de desesperación contenida.

—¿Queréis recuperar la torre? —preguntó uno de ellos, un hombre de cabello desordenado y rostro curtido por la fatiga—. Hay soldados dentro. No sabemos cuántos.

Miguel apretó el mango del cuchillo que Isabel le había regalado.

—Entonces no tenemos tiempo que perder.

El grupo se organizó rápido. Esteban trazó el recorrido con precisión: entrarían por la puerta lateral, subiendo por las escaleras estrechas que conducían a la parte alta. No podían dar el golpe a ciegas, tenían que moverse con sigilo, golpeando cuando fuera necesario.

Entraron en la torre como sombras, el sonido de sus pasos ahogado por el viento que silbaba entre las paredes de piedra. Subían con rapidez, pero con cautela.

Fue entonces cuando Miguel vio la silueta de un soldado francés bajando por las escaleras. Alto, de hombros anchos, con el fusil aún sujeto a la espalda, sin percatarse de la amenaza que le esperaba.

El tiempo se ralentizó. El francés bajó otro escalón y, en ese instante, Miguel se lanzó hacia él. El choque fue brutal. Miguel lo empujó contra la pared de piedra con toda su fuerza, sintiendo el impacto vibrar en sus huesos. El soldado gruñó, sacó una mano y trató de alcanzar su bayoneta, pero Miguel fue más rápido. Deslizó el cuchillo con la fuerza de la rabia contenida, clavándolo en las tripas del francés.

El filo penetró la tela del uniforme, hundiéndose en la carne. El soldado soltó un grito ahogado, su cuerpo se dobló de dolor. Su aliento apestaba a tabaco y sudor cuando trató de aferrarse al brazo de Miguel, pero sus fuerzas flaqueaban.

Miguel lo empujó hacia atrás, dejando que su cuerpo cayera contra los escalones, el sonido seco de su espalda chocando contra la piedra. El soldado jadeó. Sus manos temblaron sobre la empuñadura del cuchillo aún incrustado en su vientre. Sus labios se movieron, quizás intentando decir algo, pero la vida se le escapó antes de poder formar palabras.

Miguel respiró hondo, sintiendo el calor de la sangre ajena en sus dedos. Isabel. Solo pensó en ella. En la promesa hecha. En el cuchillo que había sido suyo.

Un ruido de pasos lo devolvió a la realidad.

—¡Arriba, Miguel! —gritó Esteban, avanzando con los demás.

No había tiempo para quedarse quieto. Arrancó el cuchillo del cuerpo del francés y se puso en marcha. Subieron, atravesando la estancia superior de la torre, donde los franceses se reorganizaban para defenderse. Disparos, gritos, cuerpos cayendo. La batalla fue rápida, feroz. Hubo bajas entre los guerrilleros, pero lograron tomar la torre de nuevo.

Cuando todo se asentó, cuando los últimos disparos se apagaron y solo quedaron los cuerpos en el suelo, Galchofa se dejó caer contra la pared, con el rostro pálido por el dolor.

—Me han dado —murmuró, con la voz rasposa.

Miguel vio la bayoneta aún clavada en su muslo. La herida no era letal, pero el hierro se hundía en la carne y la sangre empapaba su pantalón.

—Tenemos que sacarte de aquí —dijo Jesús, arrodillándose junto a él. Pero Galchofa negó con la cabeza y la mandíbula apretada.

—No. No voy a volver al cuartel.

Esteban se acercó, observándolo con atención.

—No puedes moverte bien con eso.

—Me da igual. —Galchofa se forzó a enderezarse, apoyándose en su brazo izquierdo—. No voy a quedarme atrás.

Miguel y Esteban intercambiaron una mirada. No podían perder tiempo discutiendo.

—Haz presión en la herida —ordenó Miguel—. Si no te desangras, podrás seguir.

Galchofa asintió y arrancó un trozo de tela de su camisa, sujetando el muslo con fuerza.

Jesús y los demás comenzaron a reforzar la torre, levantando barricadas con muebles y barriles. Mientras tanto, Miguel y Esteban decidieron hacer un recorrido por los alrededores. Tenían que saber si los franceses estaban reorganizándose o si la plaza permanecería tranquila por un tiempo.

★★★★★

El silencio en la plaza de San Felipe era engañoso. Miguel y Esteban avanzaban entre las sombras, atentos a cualquier movimiento. Los franceses habían desaparecido, pero eso no significaba que la amenaza hubiera cesado. El aire aún olía a pólvora, y los ecos de la lucha reciente resonaban en sus cuerpos tensos.

Miguel ya no dudaba. No era el hombre que, semanas atrás, habría temido empuñar un arma. Desde la muerte de Isabel, cualquier vacilación se había desvanecido. Su rabia era un fuego que ardía sin tregua, y cada francés que encontraba en su camino era otro carbón que alimentaba las llamas. No pensaba en supervivencia, ni en estrategia. Solo en justicia. Solo en venganza.

Un ruido a su derecha lo sacó de sus pensamientos. Tres soldados franceses, heridos pero aún peligrosos, salían de un portal semiderruido. Uno de ellos cojeaba, el brazo vendado con un trapo sucio, pero su mosquete seguía cargado. Otro tenía la chaqueta rota y el rostro ennegrecido por el humo, sujetando una bayoneta con los dientes apretados. El tercero, más joven, apenas podía sostenerse en pie, pero tenía un cuchillo en la mano y una determinación rabiosa en los ojos. No hubo palabras. Solo movimiento. Esteban reaccionó primero, lanzándose contra el del mosquete antes de que pudiera disparar. Se lanzó con la furia de un hombre que sabía que su vida dependía de aquel instante, golpeándolo con el hombro y haciéndolo caer contra un montón de escombros.

Miguel no pensó.

El soldado del cuchillo se lanzó contra él. Su hoja brillaba bajo la luz de la luna. Miguel lo esquivó por instinto. Sintió el filo rozarle el brazo y, sin detenerse, sacó su propio cuchillo. Lo agarró con fuerza y se lanzó sobre el francés con la furia de un hombre que ya no tenía miedo, solo odio.

El soldado intentó retroceder, pero Miguel le agarró la muñeca con una fuerza brutal, retorciéndola hasta que el cuchillo del enemigo cayó al suelo. Sin soltarlo, hundió su hoja en el costado del francés con toda la rabia que llevaba dentro. El filo se abrió paso entre la tela y la carne como si el cuerpo del enemigo fuera papel. Miguel sintió el calor de la sangre manar contra su mano, pero no retrocedió. Empujó el cuchillo más profundo, hasta que sintió el temblor de la muerte recorrer el cuerpo del soldado.

El francés jadeó con el aliento entrecortado.

—*Va… Va te faire foutre…* (Vete al diablo…) —susurró antes de desplomarse.

Miguel dejó el cuchillo ahí unos segundos más, sintiendo el cuerpo agonizar bajo su mano. Retiró la hoja con un movimiento seco, dejando que el soldado se desplomara sobre los adoquines.

A su lado, Esteban había logrado derribar a su adversario, pero el tercer francés seguía vivo, sollozando en el suelo, con el pecho herido y la cara cubierta de polvo y sudor.

Esteban se acercó y lo agarró por la chaqueta.

—Escúchame bien, gabacho. Vas a hablar, o te dejo aquí para que mueras solo. El soldado tragó saliva. Tenía la piel lívida por el dolor.

—*Je… Je ne comprends pas…* (Yo… yo no entiendo…).

Miguel se agachó junto a Esteban, con la mano aún manchada de sangre caliente.

—Dile que hable. Que nos diga cuántos son.

Esteban chasqueó la lengua, impaciente.

—*Combien… Combien de soldats à la place?* (¿Cuántos soldados en la plaza?).

El francés cerró los ojos un instante, su cuerpo temblaba.

—*Je ne sais pas… Beaucoup…* (No lo sé… Muchos…).

Esteban apretó el puño.

—Miente. ¡Mientes! —gruñó Esteban, sacudiéndolo.

El soldado sollozó. Las lágrimas se mezclaban con la sangre en su mejilla.

—*Non… non! Les renforts… arrivent… demain matin…* (¡No… no! Los refuerzos… llegan… mañana por la mañana…).

Esteban lo miró a los ojos, buscando algún indicio de engaño. Miguel sintió que algo se rompía dentro de él.

—Dice que mañana llegan más refuerzos.

—Se acabó —murmuró Miguel, poniéndose de pie.

Esteban lo soltó con brusquedad, dejándolo resbalar hasta quedar inmóvil contra los escombros.

Sin más palabras, se pusieron en marcha de vuelta a la torre.

Cuando entraron, Jesús y los demás se giraron de inmediato. Galchofa seguía sentado en un rincón, con la pierna vendada con trozos de tela desgarrada.

Ibáñez los observó con atención.

—¿Y bien? —preguntó uno de los que se encontraba en la torre desde el principio.

Miguel cruzó una mirada rápida con Esteban antes de responder.

—Los franceses han perdido hombres, pero hay refuerzos en camino. Mañana por la mañana.

Un silencio pesado cayó sobre la estancia. Todos sabían lo que significaba: no habían ganado nada; solo habían retrasado lo inevitable.

Jesús apretó los puños. Tenía la mirada oscura.

—Entonces no tenemos tiempo.

Miguel asintió lentamente.

—Preparad la defensa. Esta noche nadie duerme.

★★★★★

Los primeros rayos del amanecer filtraban una luz sucia entre los escombros de la torre, iluminando el polvo que flotaba en el aire tras una noche de preparativos. Miguel, Jesús y los supervivientes trabajaban sin descanso, reforzando las barricadas con muebles destrozados, sacos de grano y barriles volcados. Cada pieza formaba una muralla precaria entre ellos y el inminente asalto francés.

Galchofa, con la pierna vendada y los labios apretados por el dolor, seguía decidido a mantenerse en pie. Miguel lo observó un instante antes de acercarse.

—No puedes quedarte, y lo sabes —murmuró con tono firme, pero sin dureza.

Galchofa resopló, exasperado.

—No quiero irme. ¡Joder, Miguel! No vine aquí para arrastrarme de vuelta al cuartel.

Jesús, que estaba unos pasos más allá ajustando una barricada, se giró.

—Si te quedas aquí, acabarás muerto o peor. Vete al cuartel y dile a Ibáñez que nos mande refuerzos. Eso también es pelear.

Galchofa se quedó un momento en silencio con las manos crispadas sobre su muslo herido. Finalmente, con un gruñido de frustración, aceptó.

—Vale. Pero como no nos mande ayuda, le parto la cara yo mismo.

Esteban esbozó una media sonrisa.

—No serás el primero en querer hacerlo.

Uno de los supervivientes de la torre, un hombre enjuto con el brazo vendado, se ofreció a acompañar a Galchofa al cuartel. Sin perder tiempo, ambos salieron entre los edificios derruidos, tratando de moverse rápido antes de que los franceses rodearan la plaza.

El tiempo pasó lento. La espera era peor que la batalla.

Cuando por fin llegó la respuesta desde el cuartel, no fue lo que esperaban. Jesús, que vigilaba la entrada, vio regresar al superviviente solo. Su rostro lo decía todo.

—No vienen. —Las palabras cayeron pesadas, ahogando el aire—. Ibáñez ha decidido reforzar el Portillo. Nos ha dejado a nuestra suerte.

Miguel sintió el peso de la traición en el pecho. Jesús maldijo en voz baja, mientras Esteban apretaba los puños hasta que los nudillos le quedaron blancos.

—Ese cabrón lo ha hecho a propósito —gruñó Esteban, dando una patada a un barril cercano—. Me quiere fuera de combate. Ha encontrado la excusa perfecta para librarse de mí.

—No podemos perder tiempo lamentándonos —interrumpió Miguel—. Tenemos que resistir, con o sin ayuda.

Jesús asintió.

Y, entonces, el primer disparo retumbó en la plaza. Los franceses avanzaban con rapidez, disparando contra las barricadas y lanzándose contra los muros con furia. El estruendo de la batalla era ensordecedor: disparos, gritos, el sonido seco de la madera astillándose. La torre resistió lo que pudo, pero los defensores estaban en clara desventaja.

Miguel peleaba sin tregua, hundiendo su sable en los cuerpos enemigos, esquivando golpes, disparando cuando tenía oportunidad. Jesús, con el rostro cubierto de polvo y sudor, recargaba y disparaba sin pensarlo, mientras Esteban peleaba con la furia de un hombre que ya no temía a la muerte.

Pero no fue suficiente. La resistencia se quebró y la orden fue clara: huir. Miguel y Jesús corrieron por los callejones destrozados, esquivando cadáveres y buscando refugio. Esteban, con una herida en el brazo, los seguía de cerca.

Las luces de la mañana teñían los escombros con una luz fría y despiadada. Miguel, Jesús y Esteban corrían entre los callejones, con el aliento entrecortado y los músculos tensos por el esfuerzo. La torre había caído y no quedaba otra opción que huir.

Cuando doblaron una esquina, se detuvieron en seco. Junto a una fuente de piedra, tres cuerpos yacían sobre los adoquines: mujeres. Sus ropas aún estaban intactas, pero sus rostros estaban pálidos, congelados en una expresión de terror. Una tenía el cabello revuelto sobre el rostro, como si hubiera intentado cubrirse antes de morir. Otra tenía las manos crispadas, los dedos aún aferrados a un rosario roto. La tercera, más joven, tenía la mirada perdida hacia el cielo, y el pecho perforado por una bayoneta.

Pero eso no era lo peor. A unos pasos, medio oculta por un manto ensangrentado, estaba el cuerpo de una niña. Miguel sintió que el aire se le atascaba en la garganta. No debía de tener más de seis años. Su vestido azul estaba cubierto de polvo y sangre aún fresca. Sus pequeños zapatos estaban torcidos, como si se hubiera caído corriendo. Su rostro, aún infantil, tenía una expresión de sorpresa, como si no hubiera entendido lo que estaba ocurriendo cuando la muerte la alcanzó.

Jesús se pasó una mano por la cara, cerrando los ojos un instante.

—Maldita sea…

Esteban apretó los dientes.

—Esto es lo que hacen. Esto es lo que son.

Miguel no podía apartar la vista. Su rabia, su odio, todo lo que había sentido desde la muerte de Isabel se intensificó en ese instante. No había justicia suficiente para castigar aquello. Pero no podían quedarse allí.

Jesús fue el primero en moverse.

—Tenemos que hacerlo.

Miguel tragó saliva y asintió.

Se arrodillaron junto a los cuerpos, arrancando las ropas con manos temblorosas. La tela estaba fría, impregnada del olor de la muerte. Miguel sintió el peso de cada prenda, el horror de lo que estaban haciendo. Pero no había otra opción.

Jesús murmuró una plegaria entre dientes mientras se cubría con las ropas de la fallecida.

Cuando se miraron, apenas podían reconocerse. Faldas largas, mantones deshilachados, el cabello oculto bajo las capuchas de las capas. Miguel apretó la mandíbula. Tenía el estómago revuelto, pero no podía detenerse.

XXII

El convento se alzaba entre las sombras como un refugio improbable, con sus muros agrietados por la metralla y el silencio espeso de quienes aún rezaban entre ruinas. Cuando Miguel, Jesús y Esteban cruzaron el umbral, el peso de la noche se les descolgó de los hombros como un manto empapado. No quedaba nada de los hombres que habían salido de la torre; solo el barro en las botas, la sangre seca en las manos y el temblor en los párpados.

Teresa los esperaba en el claustro, sentada junto a una columna rota, con la mirada clavada en el suelo. Al verlos, se levantó de golpe, pero no corrió hacia ellos. Caminó despacio, como si temiera que fueran un espejismo.

—Estáis vivos —dijo, sin alzar la voz.

Jesús se detuvo frente a ella. Tenía el rostro cubierto de hollín, una herida abierta en la ceja y los ojos hundidos de quien ha visto demasiado. Pero, al verla, algo en su expresión se suavizó.

—Por poco —respondió, con un hilo de voz—. Nos disfrazamos con los muertos. No fue bonito.

Teresa tragó saliva. Su mirada se desvió hacia las ropas que aún llevaban, manchadas de sangre ajena, de muerte reciente.

—Aquí tampoco ha sido bonito. Han traído a una mujer con el vientre abierto y a un niño sin piernas. No sé si aún rezo o maldigo.

Jesús bajó la mirada. Luego, sin pensarlo, le tomó la mano. No fue un gesto torpe ni romántico. Fue humano, necesario.

—Cuando estaba en la torre, rodeado de humo y gritos, pensé en ti. No en rezos, ni en banderas. En ti.

Teresa no respondió de inmediato. Sus dedos no se apartaron.

—Yo también pensé en ti, pero no como un héroe. Te imaginé muerto. Y me dolió más de lo que esperaba.

Jesús esbozó una sonrisa rota.

—Entonces estamos jodidos los dos.

Ella le devolvió la sonrisa, apenas un destello entre tanta oscuridad.

—Sí, pero aún respiramos.

Mientras ellos hablaban, Miguel y Esteban fueron conducidos por sor Cecilia a una pequeña sala junto a la sacristía. La monja los observó con el ceño fruncido, como si no terminara de entender por qué habían vuelto.

La sala olía a cera derretida, a incienso viejo y a humedad de siglos. Las paredes, ennegrecidas por el humo de las velas, parecían haber absorbido los susurros de generaciones de monjas y penitentes. Miguel y Esteban entraron detrás de sor Cecilia, arrastrando los pies, con la ropa aún manchada de sangre seca y polvo. La monja cerró la puerta tras ellos con un golpe seco y, durante unos segundos, solo se oyó el crujido de la madera y el leve zumbido de una mosca atrapada en el cristal de una ventana.

—No esperaba veros aquí —dijo al fin, sin girarse—. Ni a vos, Miguel Ferrer, ni a vos, Esteban Royo.

Miguel se pasó una mano por la nuca, incómodo.

—Tampoco nosotros esperábamos volver, pero la torre cayó, y no había otro lugar al que ir.

Sor Cecilia se volvió despacio. Su rostro, surcado por arrugas, no mostraba sorpresa, pero sí una mezcla de cansancio y resignación.

—¿Y qué queréis que haga con vosotros? ¿Que os esconda entre los sacos de harina? ¿Que os dé de comer y os bendiga antes de que volváis a salir a matar?

Esteban dio un paso al frente, con la voz más áspera de lo habitual.

—No pedimos nada. Solo un rincón donde dormir sin que nos revienten la cabeza.

La monja lo miró largo rato, como si pudiera ver más allá de la suciedad y la rabia. Luego suspiró, se acercó a una alacena y sacó un pequeño cuenco de madera con pan duro y un trozo de queso rancio.

—Comed. No es festín, pero os mantendrá en pie.

Miguel se sentó en un banco de piedra, aceptando el cuenco con un leve asentimiento.

Esteban hizo lo mismo, aunque sin dejar de observar a la monja con recelo.

—¿Cómo sabíais que vendríamos? —preguntó Miguel, entre bocado y bocado.

Sor Cecilia negó con la cabeza.

—No lo sabía, pero, en esta ciudad, los vivos se mueven como los fantasmas: aparecen donde menos se les espera. Y vosotros parecéis más espectros que hombres.

Se acercó al altar, donde una pequeña cruz de hierro fundido descansaba sobre un paño bordado. De entre los pliegues de su hábito sacó una carta sellada con cera roja, marcada con una cruz negra.

—Ya que estáis aquí, os usaré. No tengo a nadie más. Necesito que llevéis esto a la Aljafería. Allí aún resisten soldados españoles. Es un bastión, aunque cada día más aislado.

Miguel tomó la carta con cuidado. El sello estaba agrietado, como si el calor de la guerra también lo hubiera alcanzado.

—¿Qué contiene?

—Palabras. Y fe. Les ruego ayuda. Les digo que aquí aún hay quienes no se han rendido. Que Zaragoza no está muerta.

Esteban se frotó la cara con ambas manos.

—¿Y por qué nosotros?

Sor Cecilia lo miró con una media sonrisa amarga.

—Porque aún estáis vivos. Y porque, a pesar de todo, no habéis perdido del todo el alma, aunque la tengáis cubierta de barro y sangre.

Miguel bajó la mirada hacia el pan que aún no había terminado.

—Partiremos al amanecer. Esta noche necesitamos descansar. Y pensar.

La monja asintió con gravedad.

—Dormid lo que podáis. Yo rezaré por vuestras almas, aunque no sé si servirá de algo.

Y sin esperar respuesta, se alejó hacia la capilla, donde las sombras de los cirios danzaban como espectros sobre las paredes.

Miguel y Esteban se quedaron en silencio, comiendo despacio, con el eco de las palabras de la monja resonando en sus cabezas. Afuera, la ciudad seguía ardiendo, pero por unas horas, al menos, tendrían un techo.

★★★★★

La noche cayó como una losa. En una de las celdas vacías del convento, Miguel y Esteban compartían un trozo de pan duro y un poco de agua. No hablaban mucho, ya que no hacía falta. El silencio entre ellos era cómodo, como el de dos hombres que ya se han dicho todo con la mirada.

Fue Esteban quien rompió el mutismo.

—No voy con vosotros.

Miguel lo miró, sin sorpresa.

—¿Vas a por Ibáñez?

—Sí. No puedo dejarlo así. No después de lo que ha hecho. No después de lo que nos ha quitado.

Miguel asintió lentamente. Luego bajó la mirada hacia el cuchillo de Isabel, que descansaba sobre su muslo.

—¿Y si no vuelves?

Esteban se encogió de hombros.

—Entonces que me entierren con los cabrones que me traicionaron. Pero si vuelvo… —Hizo una pausa, y por primera vez en días, sonrió—. Si vuelvo, quiero que brindemos con vino del bueno y sin mirar atrás.

Miguel le tendió la mano. Esteban la estrechó con fuerza.

—Brindaremos. Por los que cayeron. Por los que aún pelean. Y por nosotros, que seguimos aquí, aunque no sepamos por qué.

—Por eso mismo —murmuró Esteban—. Porque no sabemos por qué, pero seguimos.

Y en esa celda fría, entre muros agrietados y oraciones apagadas, dos hombres sellaron una amistad forjada en sangre, humo y pérdida.

Al día siguiente, uno partiría hacia la Aljafería; el otro, hacia la venganza.

XXIII

El convento de las Catalinas amanecía envuelto en un halo de quietud. Las primeras luces se filtraban por los vitrales rotos de la sacristía, tiñendo de tonos ámbar las paredes desnudas. A pesar de las heridas de la ciudad, aquel rincón parecía respirar con un ritmo distinto, como si la esperanza hubiese encontrado refugio entre los rezos y los murmullos del incienso.

Fue allí, entre los escombros del altar y los jirones de fe, donde Jesús tomó a Teresa de la mano, con los dedos temblorosos pero firmes.

—No me queda nada que no haya perdido —dijo, sin apartar la vista de sus ojos—. Ni tierra, ni casa, ni futuro, excepto tú. Si esto ha de acabarse, quiero hacerlo sabiendo que, al menos, no me quedé con palabras por decir.

Teresa, sin apartar su mirada, sintió el corazón apretándole en el pecho. Se humedeció los labios con disimulo y asintió, una vez, con fuerza serena.

—Entonces que lo diga Dios también. Si alguna palabra aún importa en este mundo, que sea esa.

Las monjas, discretas y solícitas, improvisaron una ceremonia breve pero cargada de emoción. En la capilla secundaria, entre cirios cortos y flores marchitas recogidas del huerto, sor Cecilia entonó una bendición en latín balbuceado, mientras una paloma, ajena al rito, revoloteaba entre las vigas como si quisiera presenciar lo único puro que quedaba en la guerra.

Miguel, limpio hasta donde pudo, sostuvo una vela junto a Esteban, ambos serios, firmes, sin adornos ni solemnidades huecas. Cada uno sabía que ser padrino en esos tiempos no era un título, sino una promesa implícita de sostenerse cuando el otro cayera.

—¿Y si no hay noche de bodas? —bromeó Teresa a media voz, mientras se entrelazaban los dedos ante la mirada de sor Cecilia.

Jesús sonrió, con las ojeras como surcos y la esperanza plantada en medio del pecho.

—Habrá vida de bodas, si no se nos olvida cómo respirar.

Ninguno respondió con palabras, pero el beso que sellaron después no dejó hueco a dudas. Era más que un juramento: era una victoria íntima, rebelde y sagrada.

En el claustro, mientras el día se desperezaba, Esteban se abrochó el chaquetón con movimientos lentos. El vendaje en su brazo estaba ya manchado, pero no parecía importarle. Con la mirada fija en la arcada, llamó a Miguel con un gesto seco.

—Tengo que irme. El viento empuja hacia el sur y, si no salgo ahora, me atrapa la indecisión.

Miguel dejó el zurrón a un lado y se acercó.

—¿Estás seguro de que no quieres quedarte con nosotros un rato más?

Esteban negó despacio, con una sonrisa ladeada.

—Si me quedo, no me voy. Y aún hay cuentas que me bailan en la lengua.

Le entregó un papel doblado en cuatro con trazas de carboncillo.

—Dáselo a Galchofa cuando puedas. Allí marco el camino que seguiremos. Dile que, si se encuentra con su sombra, le dé paso; nosotros aún le guardamos sitio.

Esteban lo tomó y lo guardó sin desplegarlo.

—Volverás, ¿verdad?

—Solo si hay vino, pan y menos traidores que esta vez.

Ambos se rieron, pero los ojos les brillaban distintos. Esteban miró a Teresa y a Jesús, que aún conversaban con la monja en la galería del huerto.

—Cuídalos, Miguel.

—Siempre.

Un apretón de manos, no largo, no dramático. Sincero, como quien entrega un lazo invisible. Y sin más, Esteban se internó por el portón secundario del convento, con la espalda recta y la determinación empujándolo entre las sombras de una Zaragoza aún en pie.

★★★★★

Teresa se ajustó el pañuelo con un movimiento firme, deslizando los dedos por detrás de la oreja mientras atrapaba los últimos mechones sueltos que el viento, juguetón y persistente, se empeñaba en despeinar. El gesto era sencillo, casi mecánico, pero en él se escondía la calma férrea de quien ha aceptado que ya no hay marcha atrás. A su lado, Jesús, sin necesidad de palabras, le extendió el zurrón cuidadosamente dispuesto: dentro, una botella medio vacía de aguardiente, vendas dobladas con pulcritud, un par de galletas de centeno y una navaja envuelta en un retal. Ella lo tomó con ambas manos, lo apretó contra el pecho y le dedicó una mirada densa, de esas que dicen más que cualquier despedida.

—¿Lo llevas todo? —preguntó Jesús con voz baja, casi ronca, mientras le alisaba una arruga en la manga del abrigo remendado.

—Todo lo necesario —respondió Teresa, clavando sus ojos en los suyos—. Y un poco de fe, por si hace falta.

Ambos sonrieron, pero sus gestos tenían los bordes gastados, como si la alegría fuera un lujo que hubieran olvidado cómo lucir.

Miguel los observaba a corta distancia, ligeramente apartado, apoyado contra el quicio de la puerta aún entornada del convento. Su mano descansaba sobre la culata del arma. Aquel instante tenía algo sagrado: en medio de un mundo que parecía desmoronarse con cada amanecer, ese pequeño atisbo de compromiso, de cuidado mutuo, se le antojaba milagroso. No por grandioso, sino por su obstinación tranquila.

Sintió, con una punzada inesperada, que todo cuanto amaba se agrupaba allí: la lealtad de Jesús, la valentía serena de Teresa, la dignidad de un pueblo que aún no había entregado la frente al enemigo.

Finalmente, rompió el silencio.

—¿Estamos listos? —preguntó, ladeando el cuerpo para encajarse mejor el correaje del fusil y ajustar la bayoneta.

Teresa levantó el rostro despacio, con el mentón erguido, dejando que la luz tibia del amanecer acariciara sus mejillas marcadas por las últimas horas sin sueño. Respiró hondo antes de contestar.

—Listos hemos estado siempre, aunque hasta ahora no lo supiéramos con certeza.

Jesús asintió en silencio y, tras un instante, añadió:

—El miedo no se ha ido, pero creo que hemos aprendido a caminar con él.

Miguel, con una media sonrisa, se apartó del quicio e hizo un gesto con la cabeza hacia el portón principal.

—Entonces vayamos antes de que los rezos se enfríen y el humo nos descubra. La ciudad no espera. Y nosotros tampoco deberíamos.

Y así, dejando atrás el refugio sagrado de las Catalinas, cruzaron la galería aún húmeda por el rocío, con pasos firmes y silenciosos.

La claridad del día aún no vencía del todo a la noche, como si el mundo dudara si permitirles una tregua. Pero ellos ya no dudaban. Llevaban en los bolsillos muy poco. En la espalda, cicatrices nuevas. Pero en el pecho, una llama que, contra toda lógica, seguía ardiendo.

XXIV

Mientras el sol comenzaba a trepar por encima de los tejados chamuscados de Zaragoza, Miguel, Teresa y Jesús avanzaban por las callejuelas que serpenteaban hacia el oeste, en dirección al Palacio de la Aljafería. El aire olía a yeso quemado, a cuero viejo y a miedo. A cada paso, el silencio era más espeso, como si la ciudad contuviera la respiración.

Pasaban junto a muros derruidos, portales abiertos como bocas sin dientes, y ventanas tapiadas con maderas astilladas. En una esquina, una imagen de la Virgen del Pilar colgaba torcida, ennegrecida por el humo. Teresa la miró de reojo y se santiguó en silencio.

Fue al doblar una callejuela estrecha, cerca del antiguo mercado de San Ildefonso, cuando lo vieron: un hombre de mediana edad, con la camisa remangada y el rostro curtido por el sol y el vino. Llevaba un pequeño carro tirado por un burro huesudo, cargado con pellejos de vino y un par de barricas medio vacías. Al verlos, se detuvo y alzó una mano.

—¡Alto ahí! —gritó con voz ronca—. ¿Sois de los nuestros?

Miguel levantó la mano en señal de paz.

—Españoles. Camino de la Aljafería.

El hombre suspiró con alivio y se acercó, dejando que el burro descansara bajo la sombra de una higuera raquítica.

—Soy Pascual, vinatero del barrio del Gancho. O lo era, antes de que los franceses me dejaran sin taberna ni clientela. ¿Vais a la Aljafería? Buena suerte. No está fácil llegar.

Jesús frunció el ceño.

—¿Qué ha pasado?

Pascual escupió al suelo con rabia.

—¡Qué no ha pasado! Ayer mismo, en la plaza del Portillo, colgaron a tres mozos por esconder pólvora. Uno de ellos era apenas un crío. Los franceses no preguntan. Entran, registran y, si encuentran algo, disparan o cuelgan. Así, sin más.

Teresa apretó los labios.

—¿Y la gente?

—La gente… aguanta. Pero cada día somos menos. En la calle de San Blas, una mujer se lanzó desde el balcón con su hija en brazos cuando vio venir a los dragones. No quería que se las llevaran. Y en la calle del Sepulcro, ayer mismo, fusilaron a un grupo de vecinos por negarse a entregar a un sacerdote.

Miguel bajó la mirada. El relato no era nuevo, pero cada palabra dolía como una astilla.

—¿Y los franceses? ¿Dónde están ahora?

—Avanzan por el Coso Bajo y la calle de Predicadores. Han tomado posiciones en la plaza de San Felipe y han reforzado el convento de San Agustín. Dicen que han traído refuerzos desde el Puente de Piedra. La ciudad está cercada, y la Aljafería es uno de los pocos puntos que aún resiste con algo de orden.

Jesús se acercó al carro y tomó una de las botas de vino.

—¿Puedo?

—Claro. No me queda mucho, pero si vais a pelear, que sea con el gaznate templado.

Bebieron a sorbos cortos. El vino era áspero, pero cálido, como un abrazo en mitad del frío.

—¿Y tú? —preguntó Teresa—. ¿Qué harás?

Pascual se encogió de hombros.

—Seguiré vendiendo lo que pueda. A veces a los nuestros, a veces a los franceses. No por traición, sino por necesidad. Pero si me pillan ayudando a alguien como vosotros... —Hizo un gesto con el pulgar hacia el cuello—. Ya sabéis.

Miguel le tendió la mano.

—Gracias por el vino y por la información.

—Gracias a vosotros por seguir caminando. Si llegáis a la Aljafería, decidle al capitán Palafox que aún queda vino en Zaragoza. Y rabia. Mucha rabia.

Se despidieron con un apretón de manos y siguieron su camino, dejando atrás al vinatero y su burro, que se alejaban entre las sombras como un recuerdo de tiempos mejores.

A lo lejos, entre el humo y las torres, la silueta de la Aljafería se recortaba contra el cielo. Fortaleza, prisión, palacio y, ahora, último bastión de una ciudad que se negaba a morir.

★★★★★

El camino hacia la Aljafería se estrechaba entre tapias derruidas y huertos abandonados, donde las ramas secas crujían bajo las botas y el aire olía a humo viejo y tierra removida. El sol, ya alto, proyectaba sombras duras sobre los muros de adobe, y el silencio era tan espeso que cada paso parecía un eco.

Miguel caminaba al frente, con la carta de sor Cecilia bien guardada en el interior de su chaqueta. Teresa y Jesús lo seguían de cerca, atentos a cualquier movimiento. A lo lejos, entre los torreones almenados y las palmeras que aún resistían en el jardín exterior, se alzaba la silueta de la Aljafería: majestuosa, antigua, con sus muros de piedra dorada por el tiempo y la guerra.

Pero no llegaron a cruzar el foso.

—¡Alto ahí! —gritó una voz áspera desde un parapeto.

De entre los matorrales surgieron cuatro soldados españoles, armados con mosquetes y bayonetas, con los rostros tiznados por el polvo y la desconfianza. Uno de ellos, el más joven, apuntó directamente al pecho de Miguel.

—¿Quiénes sois? ¿Qué hacéis aquí?

Jesús levantó las manos despacio, sin perder la calma.

—Venimos del convento de las Catalinas. No somos enemigos.

—Eso lo dirá el capitán —replicó el sargento, un hombre de barba rala y mirada dura—. Registradlos.

Los soldados se acercaron con rapidez, palpando bolsillos, revisando mochilas, incluso levantando el dobladillo de las capas. Teresa no dijo nada, pero su mirada era un cuchillo.

Miguel, sin moverse, sacó con lentitud el pliego sellado.

—Tengo una carta de parte de sor Cecilia. Es para quien esté al mando en la Aljafería. Es urgente.

El sargento tomó el documento, lo examinó sin abrirlo y asintió con un gruñido.

—Venid con nosotros. Pero no habléis, no os desviéis y no hagáis preguntas.

Atravesaron el puente levadizo y cruzaron el portón principal, flanqueado por torres circulares que aún conservaban cicatrices de los bombardeos. Al otro lado, el patio interior se desplegaba como un oasis improbable en medio del asedio.

La Aljafería, antaño palacio de recreo de los reyes taifas y luego fortaleza de los Reyes Católicos, era ahora un bastión improvisado. En el patio de armas, soldados heridos descansaban sobre mantas extendidas al sol, mientras otros afilaban cuchillos o limpiaban fusiles con trapos empapados en aguardiente. Un grupo de mujeres, probablemente enfermeras o monjas, repartía pan y caldo en cuencos de barro. El olor a hierro, sudor y sopa hervida se mezclaba con el perfume tenue de los naranjos que aún florecían en los rincones del jardín mudéjar.

Teresa se detuvo un instante, sobrecogida por la escena. A su izquierda, un niño de no más de doce años ayudaba a vendar el brazo de un soldado que no dejaba de temblar. A su derecha, un anciano con uniforme raído recitaba en voz baja un salmo mientras limpiaba su arma con manos temblorosas.

—Esto parece otro mundo —murmuró ella, apenas audible.

Jesús asintió con la mirada fija en el claustro.

—O el último rincón del nuestro, que aún no se ha rendido.

Los condujeron hasta una galería porticada, donde columnas de mármol sostenían arcos de herradura decorados con filigranas que aún conservaban restos de pan de oro. Allí, bajo la sombra fresca, les indicaron que esperaran.

Miguel se sentó en un banco de piedra. La carta permanecía aún en manos del sargento. Observó el reflejo del sol sobre el estanque central, donde el agua apenas se movía. Aquel lugar, que siglos atrás había sido llamado Qasr al-Surur —el Palacio de la Alegría—, ahora era un refugio de guerra. Y, sin embargo, algo de su antiguo esplendor seguía vivo: en los mosaicos que resistían el paso del tiempo, en las yeserías que aún susurraban historias de reyes y trovadores, en la dignidad de quienes lo habitaban.

—¿Crees que nos recibirán? —preguntó Teresa, sentándose a su lado.

—No lo sé —respondió Miguel, sin apartar la vista del patio.

Y mientras esperaban, rodeados de historia, ruina y resistencia, supieron que habían llegado al corazón palpitante de una Zaragoza que, pese a todo, seguía en pie.

XXV

El interior del palacio olía a cera derretida y a humedad retenida en las piedras. Los muros, ennegrecidos por el humo de los candiles, devolvían el eco de los pasos firmes de los soldados que escoltaban a Miguel por los corredores. Aunque trataba de mantener el porte erguido, sentía cómo el sudor le empapaba la nuca y resbalaba bajo la camisa. No le gustaba haber dejado a Jesús y Teresa allí solos, rodeados de desconocidos. Aquella mole de piedra no era solo un edificio: parecía tragarse el aire y la voluntad de quien se adentraba en ella.

Al cruzar un arco apuntado, los guardias se detuvieron frente a una puerta de doble hoja, tallada con motivos de leones y cruces. Uno de ellos golpeó con el nudillo y, desde dentro, una voz grave, acostumbrada a mandar, respondió con un «adelante» que no admitía réplica.

La estancia se abrió ante Miguel como un escenario imponente. Una mesa de nogal ocupaba el centro, cubierta de mapas desplegados, pliegos arrugados y un par de plumas aún húmedas de tinta. Tras ella, sentado con la espalda recta, estaba el comandante Sangenís. Su cabello, ya entrecano, estaba recogido hacia atrás, y el uniforme, aunque remendado en los bordes, aún lucía con decoro. Sus manos, grandes y huesudas, descansaban sobre los papeles como garras que no soltaban la presa. Sus ojos oscuros, hondos como pozos, se fijaron en Miguel con una mezcla de escrutinio y prudencia.

—Acércate —ordenó con voz grave, señalando un lugar frente a la mesa.

Miguel obedeció, intentando que sus pasos sonaran firmes, aunque sentía que el suelo de piedra podía abrirse bajo él en cualquier momento. Sacó entonces del zurrón el sobre sellado que sor Cecilia le había confiado en el convento y le había devuelto el sargento antes de abrir la puerta. Lo sostuvo un instante entre los dedos, como si al entregarlo entregara también parte de su esencia.

—Señor comandante —dijo al fin, con voz queda pero clara—, esta carta me fue entregada por sor Cecilia. Me pidió que la pusiera en sus manos y en las de nadie más.

El comandante arqueó una ceja y, durante un instante, pareció que iba a soltar una carcajada incrédula, pero en vez de eso extendió lentamente la mano y tomó el pliego. Lo examinó con cuidado, deslizando los dedos por el sello roto a medias, como si quisiera asegurarse de su autenticidad. Luego lo abrió y, mientras sus ojos recorrían las líneas escritas, frunció el ceño con gravedad.

El silencio se prolongó tanto que Miguel empezó a sentir un zumbido en los oídos. Solo el chisporroteo de una vela rota rompía la quietud. Finalmente, el comandante levantó la vista, apoyando los codos sobre la mesa y entrelazando los dedos.

—Sor Cecilia, dices… —murmuró, con un tono que oscilaba entre la duda y el respeto—. Esa mujer ha cuidado a muchos de los nuestros, y sé bien que su lengua no se presta a engaños. Sin embargo, dime, muchacho, ¿qué sabe un campesino de cartas, de secretos o de recados de guerra?

Miguel tragó saliva y se irguió un poco más.

—No sé nada de intrigas, señor. Solo sé de trigo, de viñas y de la tierra que me vio nacer. Pero también sé obedecer a quienes confío mi vida. Y sor Cecilia me pidió que trajera esta carta. No soy más que su voz en este lugar.

Sangenís lo observó en silencio, tamborileando los dedos contra la mesa.

—Eso suena noble —respondió tras unos segundos—, pero entiende mi posición. ¿Cómo sé que no eres un emisario de los franceses? He visto a muchos jurar fidelidad con una mano y venderse con la otra.

Miguel apretó los puños a los costados.

—Conozco sus dudas, señor. Yo mismo he visto a hombres de mi pueblo caer en la tentación de salvarse solos, aunque fuera traicionando al vecino. Pero no soy de esa clase. Si hubiera querido salvar mi pellejo, me habría quedado en los campos, oculto entre los surcos, esperando que todo pasara. Sin embargo, aquí estoy, arriesgándome a que me tome por enemigo.

El comandante entrecerró los ojos, calibrando cada palabra, cada gesto. Se inclinó un poco hacia delante y bajó la voz, casi como si compartiera una confidencia.

—Muchacho, esta carta habla de traiciones, de pactos secretos, de hombres que venden su conciencia por unas monedas. Nombra incluso a gentes del mismo ejército. Si es cierto, lo que sostienes en tus manos puede costarnos la libertad… o salvarla.

Miguel lo escuchaba conteniendo el aliento.

Sangenís se puso en pie con lentitud. Al erguirse, su figura imponía aún más: alto, delgado pero firme, con la dureza de quien ha sobrevivido a demasiadas batallas. Rodeó la mesa y se detuvo justo frente a él.

—Mírame a los ojos, hijo de labradores, y respóndeme con la verdad: ¿qué viste tú mismo? ¿Qué sabes más allá de lo que esa carta me dice?

Miguel sostuvo la mirada, sintiendo que aquel instante decidiría su destino. El aire en la sala parecía haberse espesado, como si hasta las piedras esperaran su respuesta.

Miguel sostuvo la mirada, aunque sentía un peso en el pecho que casi le impedía respirar. El comandante, de pie frente a él, aguardaba inmóvil, con los brazos cruzados a la espalda y el mentón apenas inclinado hacia delante, como un halcón que escruta a su presa.

—Habla —dijo finalmente—. Quiero lo que tus propios ojos vieron, lo que tus oídos escucharon. No olvides que la mentira es más corta que el día en invierno: se acaba pronto y deja frío.

Miguel respiró hondo y juntó las manos como si así pudiera darles orden a sus pensamientos.

—Señor, en Fuentes nada parecía distinto hace unas semanas. Se segaba el trigo, se horneaba el pan... Todo era como siempre, pero pronto las sombras crecieron. Llegaron rumores de que los franceses avanzaban y que Zaragoza resistía. Lo que al principio eran voces de taberna se volvió verdad en boca de viajeros y arrieros. —Hizo una pausa, recordando los rostros asustados.

Sangenís asintió lentamente, como invitándolo a continuar.

—¿Y qué hay de las traiciones que mencionas? —preguntó con tono grave—. Porque no es lo mismo hablar de miedo que de vender el alma.

Miguel apretó los labios. Dudó un instante, temiendo que sus palabras pudieran sonar a chisme. Sin embargo, pensó en Isabel, en sor Cecilia, en lo que había escuchado a escondidas.

—No puedo acusar con ligereza, señor —dijo al fin—, pero sé lo que vi. Una noche, Isabel, la enfermera del pueblo... fue ella quien descubrió la reunión del alcalde con un desconocido. Lo vio entregarle un pliego y después seguirlo hasta la ribera. Allí, escondida entre arbustos, escuchó cómo se hablaba del general Verdier y de que «todo marcha según lo planeado».

El comandante frunció el ceño, ladeando la cabeza.

—¿Y quién era ese hombre?

—Cándido, hermano del tabernero. Y lo peor, señor, es que parecía demasiado seguro, como quien lleva tiempo en ese juego de sombras.

Sangenís caminó despacio hacia la ventana estrecha del salón, desde la cual apenas se colaba un rayo de luz mortecina. Permaneció allí unos segundos, en silencio, como si pesara las palabras.

—¿Sabes qué significa lo que me cuentas? —replicó finalmente, sin girarse—. Si tienes razón, hay un nido de traidores trabajando para Verdier, y no están lejos. Eso explicaría por qué los franceses entraron con tanta facilidad en lugares que creíamos seguros.

Se volvió entonces con rapidez y se inclinó un poco hacia Miguel.

—Pero dime... ¿qué pruebas tienes, además de tus ojos y tu palabra? Porque en estos tiempos, hijo, la palabra de un campesino pesa poco contra la de un alcalde.

Miguel sintió la sangre arderle en las mejillas.

—No tengo papeles, señor, ni testigos que se atrevan a hablar. Pero tengo mi verdad y el coraje de sostenerla. Sor Cecilia creyó en mí cuando me confió la carta. Isabel lo vio con sus propios ojos y murió por ello. Y yo no tengo nada que ganar con esto, salvo proteger mi tierra y vengarme de esos perros.

El comandante lo observó con detenimiento, como si tratara de leer más allá de sus palabras, en lo más hondo de su pecho. Después, volvió a caminar despacio hacia su mesa y apoyó ambas manos sobre los mapas extendidos.

—Muchacho —dijo en voz baja pero firme—, no imaginas el riesgo que corres hablando de esa manera. Pero también sé reconocer la sinceridad cuando la tengo delante. —Hizo una pausa, clavándole los ojos—. ¿Estarías dispuesto a repetir lo mismo ante otros oficiales, aunque te cueste la vida?

Miguel enderezó la espalda.

—Sí, señor. No vine aquí para esconderme. Vine para luchar.

Sangenís lo miró unos segundos más y, finalmente, asintió con gravedad.

—Entonces, Miguel Ferrer, hijo de labradores, tendrás tu ocasión. Pero entiende esto: lo que has traído no es un simple mensaje. Es un hierro candente que puede quemar a inocentes y culpables por igual. A partir de ahora, tu vida está entrelazada con este secreto.

El comandante dobló la carta y la guardó en el interior de su casaca. Luego, con un gesto severo, llamó a uno de los guardias que custodiaban la puerta.

—Llévalo a los aposentos del ala norte. Que no se mezcle con los presos, pero tampoco lo dejéis vagar. Quiero verlo mañana al alba.

El soldado asintió.

Miguel se inclinó levemente, como dictaban las formas, y dejó que lo condujeran fuera de la sala. Mientras cruzaba de nuevo los corredores húmedos del palacio, no podía apartar de su mente la última frase del comandante: «Tu vida está entrelazada con este secreto». Y, por primera vez, sintió que su papel en aquella guerra apenas empezaba a escribirse.

XXVI

La estancia era amplia, de techos altos y paredes gruesas que conservaban el frescor de la noche. Una lámpara de aceite parpadeaba en un rincón, proyectando sombras irregulares sobre los tapices descoloridos. El olor a piedra húmeda se mezclaba con el aroma sencillo que salía de la olla de barro, todavía caliente, colocada en el centro de la mesa. Lentejas con un trozo de chorizo, un poco de queso endurecido, una jarra de vino aguado y pan moreno componían el improvisado banquete.

Miguel, sentado frente a la mesa, parecía más cansado que de costumbre. Tenía la camisa abierta por el cuello, las mangas arremangadas, y sus manos, curtidas por años de campo, descansaban sobre la madera como si soportaran un peso invisible. Su rostro mostraba la dureza de las últimas jornadas, con la barba oscureciéndole el mentón y los ojos hundidos, pero aún brillaban en ellos la determinación y una calma que desconcertaba a Jesús. Este, por su parte, iba y venía de un lado a otro de la habitación, incapaz de estar quieto. Su andar nervioso hacía crujir las losas de piedra bajo sus alpargatas, y de vez en cuando golpeaba la jarra con los nudillos antes de servirse otro vaso. Teresa, sentada a un lado, observaba a ambos con serenidad.

—Come, Miguel —dijo al fin Teresa, acercándole un cuenco de barro lleno de lentejas—. Aunque no quieras, algo has de llevar al cuerpo.

Miguel sonrió apenas y aceptó el cuenco. Con la cuchara de madera removió el guiso, como si en ese movimiento encontrara el valor para pronunciar lo que llevaba tiempo masticando en silencio.

—Quiero que volváis a Fuentes —dijo por fin, sin levantar la vista—. Que viváis como merecéis. Yo me quedaré aquí, con el comandante.

Jesús detuvo en seco su paseo y descargó la jarra con fuerza sobre la mesa. Un poco de vino se derramó, tiñendo las vetas de la madera.

—¿De veras piensas que vamos a dejarte? ¿Después de todo lo que hemos pasado juntos? ¡Ni hablar!

Miguel levantó la mirada. Sus ojos, cansados pero firmes, se clavaron en los de su amigo.

—Precisamente porque hemos pasado demasiado. No quiero que os consumáis aquí dentro, entre pólvora y hambre. Vivid, Jesús. Vivid los dos.

Teresa bajó los ojos, respirando hondo. Sabía que aquellas palabras no eran fruto de la cobardía, sino de un amor silencioso y obstinado.

Jesús resopló y, por un momento, pareció que la rabia iba a ganarle. Sin embargo, Miguel, como si quisiera apartar las sombras que pesaban en la mesa, se inclinó hacia atrás en la silla y sonrió con cierta picardía.

—¿Te acuerdas de aquel día de ferias, Jesús? —preguntó de pronto—. Cuando las vaquillas se escaparon de los corrales del Venancio.

Jesús parpadeó, sorprendido por el cambio de tema, pero enseguida se le escapó una carcajada que retumbó contra las paredes de la Aljafería.

—¡Cómo olvidarlo! Yo juraba que la soga estaba bien amarrada, y cuando la vaquilla embistió, salí corriendo como un poseso. ¡Acabé subido al carro del herrero, gritando como si me persiguiera el mismo demonio!

Teresa, que hasta entonces había escuchado en silencio, soltó una risa inesperada, viva y contagiosa.

—¿Tú? —dijo, señalando a Jesús con el dedo—. ¡Tú, que siempre te las das de valiente!

Jesús, algo ruborizado, alzó las manos como quien se rinde.

—Todos tenemos un mal día. Y aquella vaquilla tenía el diablo metido en las patas.

Miguel rio también, aunque con un deje de nostalgia.

—Lo mejor fue cuando el *zagalico* de Mariano, con apenas doce años, le plantó cara con una manta vieja y la hizo volver al corral como si nada. Tú, en cambio, seguías gritando desde lo alto del carro.

La carcajada de Teresa se prolongó hasta que tuvo que secarse una lágrima del rabillo del ojo.

—Nunca me lo habías contado —dijo entre risas—. Ahora ya entiendo por qué nunca hablas de las ferias.

El ambiente, que minutos antes había estado cargado, se aligeró un instante. Pero la risa se fue apagando poco a poco, hasta que solo quedó el murmullo del aceite chisporroteando en la lámpara.

Miguel tomó un trozo de pan, lo partió en dos y lo dejó sobre la mesa, como si aquel gesto resumiera su entrega.

—Quiero que recordéis esos días, no los de sangre y humo. Quiero que, si un día tenéis hijos, les habléis de las ferias, de las cosechas, de lo que éramos antes de que la guerra nos arrancara de la tierra.

Jesús se inclinó sobre la mesa, apoyando los brazos, con la mirada endurecida.

—No puedo aceptar que te quedes aquí a morir, Miguel. No me pidas eso.

Teresa, con voz suave pero firme, intervino antes de que la disputa se encendiera.

—Jesús, déjalo. Si esta es la decisión de Miguel, no es por orgullo ni por empeño inútil. Es porque piensa en nosotros más que en sí mismo. Y antes de regresar, buscaremos a Galchofa. Ese testarudo no puede quedarse deambulando por estas calles, creyéndose invencible. Vendrá con nosotros, aunque sea a rastras.

Jesús la miró. Primero con fastidio, luego con rendición. Al final, asintió lentamente, como quien comprende que no siempre la fuerza se mide en golpes.

—De acuerdo. Pero que quede claro, Miguel, si un día todo se viene abajo aquí dentro, y aún sigo con vida, volveré a buscarte.

Miguel esbozó una sonrisa cansada, y sus ojos se iluminaron con una ternura inesperada.

—Entonces tendré a quien esperar.

Se alzaron los tres vasos de barro, con vino pobre y aguado, y el brindis sonó sencillo pero solemne, como una promesa. Las sombras de la Aljafería cubrían ya la estancia, pero en la mesa quedaba aún un resplandor cálido, nacido no de la lámpara, sino del lazo indestructible que unía a los tres.

★★★★★

La primera claridad del día entraba tímida por las estrechas ventanas de la Aljafería. Los muros de piedra aún guardaban la frialdad de la noche, y un aire húmedo impregnaba la estancia, trayendo consigo el eco lejano de voces de soldados que ya se movían en los patios. En la mesa quedaban restos del pan endurecido y la olla de lentejas vacía, como un testigo mudo de la última cena compartida.

Miguel estaba de pie, junto a la ventana, con la camisa ceñida por el cinturón y el pañuelo rojo al cuello. Había pasado la noche en vela, aunque su rostro no delataba cansancio, sino esa serenidad obstinada que adquiría cuando la decisión ya estaba tomada. Sus manos, firmes, descansaban sobre el alféizar, mientras miraba hacia el horizonte, que empezaba a teñirse de cobre.

Jesús ajustaba las correas del zurrón con movimientos bruscos, como si el cuero pudiera resistir su rabia contenida. Cada vez que ataba un nudo, lo hacía con fuerza excesiva, mascullando entre dientes palabras que no terminaba de pronunciar. Teresa, a su lado, recogía con calma las pocas pertenencias que llevarían consigo: un mantón doblado con cuidado, una bota de vino a medio llenar y un rosario que guardó entre sus faldas.

El silencio era tan espeso que solo el canto de un gallo en algún corral lejano se atrevía a romperlo.

Finalmente, Jesús estalló:

—¡No debería ser así, Miguel! —Su voz retumbó contra la piedra—. No tienes por qué quedarte. Podrías marcharte con nosotros, volver a la tierra, al trigo, a la vida.

Miguel se giró despacio. La luz del amanecer iluminaba su rostro, acentuando los surcos de cansancio en sus mejillas y la firmeza de sus ojos. Dio unos pasos hacia su amigo y le puso una mano en el hombro.

—Si todos nos vamos, ¿quién se queda? —dijo con calma, casi en un susurro—. Yo elegí este camino, Jesús. Y aunque me pese, no puedo volver atrás.

Jesús apretó la mandíbula, incapaz de responder.

Teresa se acercó entonces con una suavidad que contrastaba con la tensión que dominaba la sala. Tomó la mano de Miguel entre las suyas.

—No vamos a olvidarte —le aseguró, con voz baja pero firme—. Y cuando regresemos a Fuentes, no será para huir, sino para mantener viva la semilla de lo que defendiste. Pero antes, como prometí, buscaremos a Galchofa. Ese testarudo no puede quedarse perdido.

Una sonrisa leve, apenas un destello, cruzó el rostro de Miguel.

—Si alguien puede convencerlo, sois vosotros. Decidle que no le guardo rencor por sus locuras y que me hubiera gustado compartir otra jarra de vino con él.

Jesús, incapaz de sostener más la emoción, se acercó de un paso y abrazó a Miguel con fuerza. Sus brazos, endurecidos por el trabajo y el camino, rodearon a su amigo como quien se aferra a lo último que tiene. Miguel correspondió el gesto, firme, golpeándole la espalda con afecto.

—Hermano —susurró Jesús—, si alguna vez oyes mi nombre, que sea porque he cumplido lo que hoy prometo: volveré a buscarte si el cielo nos da ocasión.

—Y yo tendré la puerta abierta para ti —respondió Miguel.

Teresa se acercó después. No lo abrazó con ímpetu, sino con un recogimiento sereno. Apoyó la frente en su pecho y dejó que el calor de aquel instante quedara grabado en su memoria.

—Dios te guarde, Miguel. Y que el recuerdo de tu fuerza nos acompañe siempre.

Miguel acarició suavemente el cabello de la muchacha, como un hermano mayor que despide a quien aún tiene un largo camino por delante.

El primer rayo de sol se filtró por la ventana, bañando la estancia de un resplandor dorado. Era la señal de que debían partir. Jesús tomó el zurrón, Teresa el mantón, y ambos se dirigieron hacia la puerta. Allí se detuvieron por última vez.

Miguel permaneció erguido en medio de la sala, con la silueta recortada contra la luz naciente. Su figura, fuerte pero solitaria, parecía fundirse con la solidez de las piedras de la Aljafería, como si ya formara parte de la fortaleza misma.

—Id —dijo con voz clara—. Y vivid. Eso es lo único que os pido.

Jesús asintió, incapaz de pronunciar palabra. Teresa le dedicó una última mirada, cargada de ternura y gratitud. Después, salieron juntos, dejando tras de sí el eco de sus pasos, que se perdía por los pasillos del palacio.

Miguel se quedó en silencio, escuchando cómo las puertas se cerraban y la vida de sus amigos se alejaba. Inspiró hondo, posó una mano sobre la mesa aún tibia del guiso compartido, y luego volvió la vista al amanecer. Afuera, Zaragoza aguardaba con su murmullo de pólvora y esperanza. El día comenzaba, y Miguel ya no era un campesino más.

XXVII

Miguel permaneció en la estancia mientras los pasos de Jesús y Teresa se desvanecían en los corredores de la Aljafería. El silencio regresó, tan denso como una losa, pero no lo sintió como vacío, sino como certeza. Se sentó en el borde de la mesa, acariciando con los dedos el áspero borde del cuenco vacío, y cerró los ojos un instante.

Isabel apareció en su memoria con la claridad de una herida abierta: su risa en la feria, el destello de sus ojos cuando hablaba de los enfermos, la ternura con la que curaba hasta la herida más pequeña. La había perdido entre humo y gritos, y la cicatriz de esa ausencia lo había convertido en un hombre distinto. No podía regresar a Fuentes, arar la tierra como si nada hubiera pasado. No, no mientras los traidores vivieran, no mientras los franceses siguieran pisando la patria con botas manchadas de sangre.

Inspiró hondo. Se quedaba por Isabel, por vengar su nombre. Por castigar a los que habían vendido a su pueblo a cambio de un puñado de favores. Por acabar con todos los que habían traicionado la esperanza de su gente. Se quedaba porque la furia le quemaba las entrañas, y solo en el campo de batalla podría hallar un resquicio de paz, aunque fuese en la sangre del enemigo.

Apoyó los codos en las rodillas y hundió el rostro en sus manos endurecidas. La pena era un río interminable, pero dentro de ese caudal oscuro surgía una chispa de voluntad, un hierro candente que se templaba en su pecho. Sería soldado, se formaría junto al comandante y no como uno más, sino como el mejor de todos. Cada golpe, cada descarga, cada embestida llevaría el nombre de Isabel como bandera invisible. Alzó la vista hacia la ventana. El sol ya iluminaba los torreones de la Aljafería, y el murmullo de la guarnición llenaba el aire. Miguel se puso en pie, recogió la escopeta que reposaba contra la pared y la colgó sobre su hombro. El dolor seguía ahí, pero bajo ese peso germinaba también una resolución férrea: luchar hasta que el último traidor cayera, hasta que la sombra de Bonaparte se disolviera en las llanuras de Aragón.

Cruzó la estancia con paso firme. Afuera lo aguardaban el comandante y la guerra. Isabel no volvería jamás, pero en cada combate Miguel encontraría un modo de seguir junto a ella, aunque fuese a través del odio y de la pólvora. Por eso se quedaba. Para vengar, para resistir y, quizá, para hallar algún día, entre las ruinas de la patria, un instante de paz.

Y con esa idea en el pecho, salió al amanecer. Desde aquel día, Miguel Ferrer dejó de ser un campesino: se convirtió en soldado, y su nombre comenzó a escribirse en la pólvora y en la memoria de los que nunca se rindieron.